H.W. Bates

Viaggio de Leonardo Fea in Birmania e regioni vicine

XLIV, List of the Carabidae

H.W. Bates

Viaggio de Leonardo Fea in Birmania e regioni vicine
XLIV, List of the Carabidae

ISBN/EAN: 9783741198137

Manufactured in Europe, USA, Canada, Australia, Japa

Cover: Foto ©Andreas Hilbeck / pixelio.de

Manufactured and distributed by brebook publishing software
(www.brebook.com)

H.W. Bates

Viaggio de Leonardo Fea in Birmania e regioni vicine

VIAGGIO DI LEONARDO FEA
IN BIRMANIA E REGIONI VICINE

XLIV.

LIST OF THE CARABIDAE

by H. W. BATES, F. R. S. (¹)

The number of species of Carabidae resulting from the in-
dustry of Leonardo Fea in his recent Entomological Exploration
of the Valley of the Irawadi, reaches the considerable total of 440.
This is a large number to be obtained by one individual during
so brief a period in a tropical region where Carabidae, especially
the terrestrial species as distinguished from the arboreal, are
undoubtedly less numerous in species than they are in temperate latitudes. In the rich and varied island of Japan, Mr G. Lewis,
in 1883, after several years industrious collecting himself and
enumerating all additional species obtained by other investigators,
recorded a total number of 394 only. In Ceylon he obtained
in the course of one season 124 species. Scientific Entomologists
have reason to be grateful to Signor Fea for attending to the
smaller and obscurer species, which have usually been so much
neglected in tropical countries, thus rendering incomplete and
misleading all comparisons of Faunas and all conclusions drawn

---

(¹) Since this memoir was sent to the press, its accomplished writer has been
taken from us by death. It has therefore become the sad duty of the editors to
correct the proofs without the assistance of the writer of the paper, and they have
felt it proper to make as few departures as possible from the manuscript of the
deceased.

THE EDITORS.

from them regarding the Geographical Distribution of living forms. It is partly owing to this attention to neglected genera that his collection has yielded the large proportionate number of 207 new species and 15 new genera.

It is perhaps too early to draw conclusions on the interesting subject of the relations of the Burmese Carabideous Fauna to those of other regions; for the number of species obtained by Signor Fea, large as it is, cannot be even an approximation to the total number inhabiting the country. This is shown by the fact that of the species enumerated by Schmidt-Goebel in his fragmentary « Faunula Birmanica » which contains a mere fraction of the genera of Carabidae, no fewer than 43 were not met with by Signor Fea. In fact, in tropical countries, even more than in temperate regions, the Carabidae are extremely local, recondite in their haunts and habits and dependent, moreover, on favourable seasons for their appearence, so that many years of assiduous labour by many observers, in many different localities, are requisite before an adequate idea can be obtained of the Fauna of a country in this department. One or two obvious conclusions are, however, suggested by even a cursory glance at the present list. One is the close relationship between the Carabideous Fauna of the Irawadi Valley and that of Assam or the Valley of the Brahmaputra showing that the mountainous region constituting the watershed of the Irawadi is not high enough to serve as a barrier to the migration of either terrestrial or arboreal species of the group, a conclusion confirmed by the numerous cases in which the same species inhabit the Naga and Khasia hills. A close faunistic relation exist also with the lower Gangetic Valley on the west and the great river basins of the Indo-Chinese countries to the east, as also with the lower valley of the Yangtsze Kiang, Eastern China and Japan. Another conclusion is the lack of any striking speciality of the Burmese Fauna in this family of Coleoptera. Most of the new genera belong to the obscurer groups of the family, the tropical Asian members of which have hitherto been much neglected and some of them will doubtless be found to occur in the neighbouring regions. Even the hilly ranges to which Signor Fea judiciously devoted his principal attention at altitudes of 5-6000 feet, failed to reveal distinct traces of a special Fauna; in this respect differing much from the mountainous districts of Sze-Chuen and Southern China. These conclusions, however are premature: but they have seemed to me useful to state, as showing the great interest of the problems in Geographical Distribution, on which light is sure to be thrown by further researches conducted in the same intelligent and thorough manner as those of Leonardo Fea.

Subfamily **OMOPHRONINAE.**

1. **Omophron laevigatus**, Gestro, Ann. Mus. Civ. Genova (2) vi, p. 172.
Teinzò (N. E. Bhamò); several specimens.

2. **Omophron striaticeps**, Gestro, Ann. Mus. Civ. Genova (2) vi, p. 173.
A single example from Myn Kyan (Upper Irawadi).

Subfamily **CARABINAE.**

3. **Carabus Feae**, Gestro, Ann. Mus. Civ. Genova (2) vi, p. 106.
A single example from Catcin Cauri mountains (E. Bhamò).

Subfamily **OZAENINAE.**

4. **Itamus castaneus**, Schmidt-Goebel, Faun. Col. Birm. p. 67.
Bhamò; Kathà; Prome; Mandalay.
Varies in length from 10 to 12 millim.

5. **Eustra plagiata**, Schmidt-Goebel, Faun. Birm. p. 66, t. iii, f. 1.
Teinzò; Palon (Pegu).
Found also in Japan (Bates Trans. Ent. Soc. 1873, p. 237).

On comparing, however Burmese examples with those of Japan I find that the former have much more produced and acute hind angles to the thorax (not shown in Schmidt-Goebel's figure) and a rather less dense asperate-punctuation on the elytra. The Japanese form may be therefore distinguished as *E. plagiata*, var. *japonica*.

Subfamily SCARITINAE.

Group Scaritini.

6. Haplogaster ampliatus, n. sp.

H. ovato (Chaud.) proxime affinis sed multo major. Niger, subnitidus. Caput transversim quadratum, post oculos latius, rugulis nonnullis juxta oculos et prope angulos anticos exceptis, laeve, sulcis frontalibus sat profundis, simplicibus, dentibus mediis epistomatis obtusissimis, genis postocularibus magnis oculo majoribus; mandibulis mediocribus, oblique striatis, carinis subparallelis. Thorax subsemicircularis, fere toto laevis, angulis posticis rotundatis obsoletissime dentatis; versus basin fere recte angustatus, basi obtusissime angulato nullomodo lobato, sulculo marginali anteriori vix impresso. Elytra oblongo-subovata, postice valde convexa angulis humeralibus reflexo-dentatis; marginibus basali et lateralibus dense granulatis et seriatim (apud basin duplo) nitide tuberculatis; striata, striis parum incisis et vix perspicue punctulatis, interstitiis sat convexis 3.^{io} prope striam 3.^{iam} poris setigeris minutis 2-4. Antennae breves, capite haud longiores, articulis 5-10 subtransversis. Tibiae anticae supra dentes edentatae vel denticulo unico obtuso ; intermediae unispinosae.

Var. *H. mollitus*. Elytrorum striis, versus apicem exceptis, minime impressis, punctulatis vel obsoletis, interstitiis planissimis. — Long. 30-33 mill.

The type from Catcin Cauri mountains; the var. *mollitus* Carin Cheba, Asciuii Cheba and Ghecu, alt. 900-1300. m.

7. Taeniolobus Birmanicus, n. sp.

Sat gracilis, convexus, politus, niger, palpis antennis pedibusque

rufescentibus. Caput sat grossum, dense et fortiter, parum flex-
uose, rugulosum, vertice medio solum laevi, rugulis apud collum
grosse punctatis : genis post-ocularibus oculo majoribus, rotundatis, epistomate bidentato; mandibulis valde striatis, carinis
subparallelis. Thorax semiovatus, lateribus usque ad angulos
posticos perparum curvatis, his rotundatis et breviter dentatis,
basi breviter obtuse truncato; supra laevis, prope basin et angulos posticos subtiliter granulato-rugulosus, sulculo-marginali
anteriori acute impresso, crenulato. Elytra corpori anteriori longitudine aequalia, anguste oblongo-ovata, profunde striata, interstitiis convexis, 3.to juxta striam 3.^{iam} poris setiferis quinque;
striis nec basin nec apicem attingentibus, apice laevi, basi ante
marginem basalem paullo declivi et dense granulato; humeris
valide dentatis, margine laterali dense granulato et seriatim
foveolato. Prosternum lateribus subtiliter, mesosternum metaster-
numque grossius, granulata. Venter subtiliter alutaceus, medio
(segmento apicali excepto) laevis, segmentis medio bipunctatis,
apicali excepto utrinque prope apicem bipunctato, 4.to-6.to transversim sulcatis. Tibiae anticae supra dentes bidenticulatae;
intermediae unispinosae. Mentum fere planum, grosse granula-
tum, medio et intra margines longitudinaliter carinatum, lobis
apice angustatis obtusis. Antennae articulis 5-10 transversim
quadrato-ovatis. — Long. 16 mill.

Teinzò. One example, which I refer to *Taeniolobus*, of which
it has the facies, with some little doubt.

8. **Distichus lucidulus**, Chaudoir, Monogr.. d. Scaritides 1880.
(Ann. Soc. Ent. Belg. t. XXIII), p. 57.

Rangoon ; Palon (Pegu). Recorded by Chaudoir from Dacca,
Rangoon and Siam. The Siamese examples, as Chaudoir mentions and which I can confirm from several examples I have
examined, have 5 setigerous pores on the 3.rd e'ytral interstice,
those from Rangoon only 4. As the former are decidedly less
elongated and flatter than the Burmese insect, they may prove
a distinct species, although in all other details of sculpture the
two forms show little difference.

9. Distichus rectifrons, n. sp.

D. lucidulo (Chaud.) proxime affinis, sed certe differt capite antice rotundato-dilatato epistomateque medio recto nec bidenticulato. Fusco-rufus. Caput latum, ante oculos latior ibique lateribus rotundato-dilatatis, usque post oculos (medio vertice sublaevi) rugosum, occipite punctato, medio vertice et prope angulos anticos laeve, epistomate lato recte truncato, medio emarginato absque denticulis sed rugulato prope labri margines, paullo producto. Mandibulae laeves. Thorax parum transversus, angulis anticis productis, postice leviter angustatus angulis posticis grosse dentatis, deinde recte angustatus, dorso punctulato, toto basi declivis et granulato. Elytra corpore anteriori paullulum breviora, oblonga dorso antico leviter depressa valde striata, interstitiis convexis 3^{io} poris setiferis 4 basi subrecta, prope basin granulata et tuberculata, striis obliteratis, angulis humeralibus acute dentatis. Tibiae anticae supra dentes bidenticulatae; intermediae unispinosae et valde denticulatae. — Long. 11 mill.

Bhamò; Kathà.

10. Scarites sulcatus, Olivier, Ent. III, N.° 36, p. 7, pl. 1, fig. 11; Chaudoir, Monogr. d. Scaritides, 1880 (Ann. S. E. Belg. t. XXIII), p. 80.

Bhamò. A widely-distributed species; India, China, Formosa, and Java.

11. Scarites semirugosus, Chaudoir, Bull. Mosc. 1855, I, p. 90; id. Monog. d. Scarit. 1880 (Ann. S. E. Belg. XXIII), p. 82.

Toungoo. One example, belonging to the var. *rugipennis* of Chaudoir.

12. Scarites barbarus, Dej. Spec. Gén. Col. I, p. 388; Chaudoir, Mongr. d. Scarit. 1880 (Ann. S. E. Belg. XXIII) p. 96.

Rangoon and Moulmein. Chaudoir gives Dacca (¹) (Bengal) as

---

[1] Chaudoir says " du Deccan, " a serious geographical error which occurs in innumerable places troughout his writings. The collection from which he obtained a large selection in London and from which I also obtained many of the same species, was made near Dacca. The mistaken name was given by the dealer who supplied the specimens.

the locality of the only example the exact source of which is known to him, the original specimens from the Dejean Collection having been erroneously recorded as from the north Coast of Africa. Signor Fea's examples agree closely with the description of Dejean.

13. **Scarites capito**, Chaud. Bull. Mosc. 1855, I, p. 92; Monogr. 1880 (Ann. S. E. Belg. XXIII) p. 95; S. *Selene* Schmidt-Goebel Faun. Birm., p. 94 ? (descript. incompleta).

Rangoon; Palon (Pegu). Rangoon is also one of the localities given by Chaudoir, who states that it is also found in North India. The species is very closely allied to *S. barbarus* Dej., both having a deep oblique cavity on the forehead near the inner margin of the eye by which chiefly they are distinguished from a third species of the subgroup viz *S. praedator*. Chaudoir seems to have known only males of this species and females of *S. barbarus* but the males of both are alike in their much elongated mandibles and there is no character to distinguish the two species except the sculpture of the surface of the head which is extremely dense and fine in *S. barbarus* and coarser and more widely spaced (disappearing on the occiput) in *S. capito*.

14. **Scarites praedator**, Chaud. Monogr. d. Scarit. 1880 (Ann. Belg. XXIII) p. 97.

Bhamò; Teinzò; Rangoon; Palon; Toungoo; Thigyam; Moulmein (Tenasserim).

Besides the absence of the frontal cavity mentioned above this species is distinguished from the two preceding in both sexes, by the strong sinuation of the inner carina of the mandibles.

15. **Scarites denticulatus**, Chaud. Monogr. 1880, p. 98.

Teinzò.

One example only, referred to this species with some hesitation. It agrees, however, fairly well with the description.

16. **Scapterus Guerini**, Dej. Sp. Gén. II, p. 472.
Teinzò. A single example.

Group Clivinini.

17. **Oxygnathus elongatus**, Wiedmann, Zool. Mag. II, 1, p. 38;
Dejean, Sp. Gén. II, p. 475; Putzeys, Mém. Liège, XVIII, p. 5,
t. I, fig. 1.

Palon in Pegu.

Signor Fea obtained one example only of this very rare and
interesting Scaritide. It agrees very closely with Wiedmann's
description, which is much better than that of Dejean. Putzeys
mentions only the generic characters and adds very little to
our knowledge of the form. The genus, in fact, is identical
with *Stratiotes* of the last-named author, founded on numerous
Tropical American species. The very long and acute, edentate
mandibles, the extremely short and broad labrum, looking like
a linear margin to the epistome and the large post-ocular genae,
are the same as in *Stratiotes*, with the typical species of which
it also agrees in the absence of the two setae, so universal in
the *Clivinini* group, on the penultimate joint of the labial palpi,
The palpi, it is true, are much longer and more slender than
in the larger American species of *Stratiotes*, but this character
is not constant in the genus, *S. longicollis* having palpi ap-
proaching in tenuity those of *Oxygnathus*. It is curious that all
the three authors above-cited avoid mentioning the form of the
eyes and post-ocular genae. A phrase of Wiedmann implies
that he mistook the genae for the eyes and in fact the two are
so closely united and the facettes of the eye so microscopically
fine that the limits can scarcely be distinguished, except by a
faintly plicated depression. The length of Signor Fea's example
is 11 millim. Wiedmann gives $4\,^1/_2$ lines.

18. **Clivina indica**, Putzeys, Mon. des Clivina (Mém. Liège II)
p. 67 (1846).

Karin Chebà, 900 to 1100 m.; Bhamò.

Found also in Ceylon, the Nilghiri and North India. The Burmese examples are mostly much smaller (6-8 millim.) than those of South India and especially Ceylon where the length ranges from 8 to 10 mm.

19. **Clivina attenuata**, Herbst, Natur. syst X, p. 264, t. 167 f. e.; Putzeys, Révis. Gén. des Clivin., p. 110; *C. melanaria,* Putz., Monogr. des Clivina, p. 68; *C. picipes,* Bonelli; Dej. sp. Gén. I, p. 416; Putz., Monogr. des Cliv., p. 105.

Var. *C. Bhamoensis,* elytrorum striis subtiliter tantum punctulatis, suturaque submarginali thoracis anteriori impunctata.

Bhamò.

Numerous examples, all distinguished from a series of the same species from Calcutta, which I have examined, by the fine, instead of coarse, punctuation of the elytral striae, the deep anterior submarginal stria of the thorax differs also in being simple instead of closely punctured. It is noteworthy that in Cochin China the elytral striae are as strongly punctured as in Bengal; hence the Bhamò form is deserving of a name as an interesting local variety. The size is the same, 8 mm.

Clivina attenuata and its immediate allies are distinguished by the robust middle tibiae, arcuated, strongly denticulated and setose on their outer edge and without spine.

20. **Clivina sagittaria**, n. sp.

C. attenuatae (Hbst) affinis, sed dissimilis, parva, angusta parum convexa ferrugineo-fusca capite et thorace saturatioribus. Caput grosse rugatum; epistomate margine recte truncato, postice medio triangulariter elevato, sutura frontali occulta; capitis lateribus usque post oculos rugulosis et punctatis; genis ante-ocularibus vix rotundatis, oculis prominentibus etsi sat parvis. Thorax quadratus, angulis posticis rotundatis edentatis ibique prosterni lateribus supra conspicuis, disco plagiatim subtilissime punctulatis. Elytra sub cylindrica, basi omnino rotundata, punctulato-striata, interstitio 3.^{io} absque poris setigeris, 8.ro basi vix attingenti. Tibiae anticae ultra dentes unidenticulatae, interme-

diae extus arcuatae et valide denticulato-setiferae, spina nulla.
— Long. 4-5 millim.

Rangoon.

Agrees with *C. attenuata* (Hbst. = *picipes* Dej.) in the rounded
hind angles of the thorax and the acute spinose-setiferous outer
edge of the intermediate tibiae, but differs from it greatly in
facies and in the sculpture of the surface of the head.

21. Clivina sectifrons, n. sp.

Ad sectionem *C. lobatae* (Dej.) pertinet. *C. angulari* (Putzeys)
affinis sed adhuc major et paullo robustior; convexa, subcylin-
drica, nigro-ferruginea, polita. Epistoma margine medio profunde
triangulariter exciso apicibusque angulatis, lobis lateralibus valde
discretis extusque curvatis, toto margine quasi quadripartito;
postice medio transversim carinato parte posteriori (inter carinam
et suturam acutam frontalem) altiori ; fronte paullulum rugosa
vel inaequali et subtilissime punctulata, fovea centrali oblonga,
carina utrinque laterali brevi subrecta; sulculo transverso occipitali minus profundo. Thorax quadratus, sat angustus, convexus,
impunctatus, lateribus ante medium sinuatis. Elytra thorace fere
duplo longiora, profunde punctulato-striata, striola scutellari
elongata, interstitio 8.ro (versus basin et apicem valde angustato)
basin et suturam attingenti, 3.^{io} juxta striam 3.^{iam} valide qua-
driporoso. Femora antica subtus valde rotundato-dilatata, dente-
que apicali lato minus prominenti; tibiae anticae denticulo supe-
riore sat elongato, tibiae intermediae calcari exteriori sicut in
hoc sectione valde elongato. — Long. 7 - 9 $^{1}/_{2}$ millim.

Palon in Pegu; Rangoon; Tikekee; Shenmaga.

Resembles *C. angularis* in size and figure but differs greatly
in the form and sculpture of the anterior part of the head.
Putzeys mentions that the precise locality of *C. angularis* (communicated to him by the late Andrew Murray) was unknown
to him. It is Madras, according to Murray's labels on the
specimens of his own collection which are now in my pos-
session.

22. **Clivina brevior**, Putzeys, Révis. Gén. des Clivinides p. 126. Rangoon; Senmigion ; Teinzò.

The specimens I have seen agree with Putzey's description and in comparing them with examples of *C. transversa* (Putz.) from Siam I find pretty nearly the same points of similarity and difference which he mentions.

23. **Clivina laeviceps**, n. sp.

C. transversae (Putz.) proxime affinis, at differt capite laevissimo polito etc. Elongato-oblonga, convexa, ferrugineo-fulva (interdum plaga elongata suturali infuscata), palpis pallidioribus. Caput laevissimum, epistomate medio sicut in *C. transversa* arcuatim emarginato angulis acutis, ab alis (integratis) sulco et incisurâ separato, supra transversim depresso opaco; alis (integratis) bilobatis lobo interiori elongato porrecto; sutura frontali impressa, foveola frontali rotunda (interdum obsoleta), carinulaque brevi utrinque prope oculum ; sulculo transversali occipitali medio latissime interrupto. Thorax quadratus laevis vel sparsim disco subtiliter punctulatus, angulis posticis acute dentatis, sulculo marginali anteriori profunde impresso. Elytra acute punctatostriata, interstitio 3.^{io} poris setiferis 4 conspicuis prope striam 3^{iam}, 8ro versus humeros carinulaeformi basi attingenti. Femora antica subtus apice valide dentata medioque mediocriter rotundato-dilatata: tibiae ultra dentes elongatos acute unidenticulatae, intermediae calcari elongato. — Long. 4-7 millim.

Rangoon; Palon (Pegu).

The large examples are more robust and have the appearance of a different species, but all their structural characters and details of sculpture are the same as in the smallest individuals. As in other species of the *C. lobata* group the central epistome is separated from the side piece or pieces (alae minores and majores of Putzeys) by a marginal notch and a broad and deep surface groove or depression continuing to the forehead.

A very closely allied species, much darker in colour (*C. divaricata* Putz.?) is found on the lower Yang-tsze-Kiang.

24. Clivina debilis, n. sp.

C. laevicipiti proxime affinis, differt praecipue sutura frontali deficiente ibique fronte paullo contracta et supra medio plicula tenui superficiali angulata. Epistoma leviter arcuatim truncatum supra antice concavum postice convexum, media fronte convexa antice rotundata, sulculo transversali occipitali nullo, carinula brevi utrinque juxta oculum. Thorax elytra et pedes sicut in *C. laeviceps*. — Long. 3 $^1/_2$-5 millim.

Rangoon: many examples.

The resemblance to *C. laeviceps* is so close that I doubt if this species is specifically distinct notwithstanding the obliteration of the frontal suture. The singular sculpture of the surface of the head in the genus *Clivina* though constant in ground-plan is subject to considerable individual variation in the species as may be seen, by comparing for example, a good series of the common *C. indica* from various localities; but the presence or absence of a frontal suture is too important a character to be disregarded.

25. Clivina pileolata, n. sp.

C. laevicipiti affinis; differt vertice paullo elevato, planato, postice medio angulato. Rufo-castanea: epistomate medio leviter arcuatim emarginato, angulis subacutis, supra apice concavo postice late elevato, alis interioribus apice extus acuto ab alis rotundatis exterioribus incisura separatis: sutura frontali profunda, vertice plus minusve in pileolum rhomboideum planatum (laevem vel rugatum) medio foveolato, elevato; carinis lateralibus nullis. Thorax quadratus, disco utrinque conspicue punctulato, angulis posticis dentatis. Elytra punctato-striata, interstitio 3.^{1o} poris setiferis 4 in stria 3.^{ia} sitis, 8.vo prope basin tenuissimo basin vix attingenti. Tibiae anticae supra digitos unidenticulatae; intermediae extus longe calcaratae. — Long. 5 $^1/_2$-6 $^1/_2$ millim.

Rangoon; Kathà; Palon in Pegu.

26. Clivina scissa, n. sp.

Elongato-oblonga fulvo testacea. Epistomate angusto angulatim emarginato angulisque acutis, ab alis longo intervallo separato, his indivisis, ala interiori obtuse quadrata, supra concava, ala majori rotundata; epistomate trapezoidali, basi carinula transversa delimitato, sutura frontali tenui subobsoleta ; fronte impunctata sulcis lateralibus haud profundis, angulatis, rugosis, carinulaque prope oculos brevi et obtusa ; sulculo occipitali nullo. Thorax quadratus, parum convexus, laevis, sulculo marginis anterioris obsoleto, angulis posticis dentatis. Elytra comparate elongata, oblonga, mediocriter convexa, punctato-striata interstitiis minus convexis, 3.^{10} (juxta striam 3^{iam}) quadripunctato, 8vo versus basin haud angustato, humerum longe haud attingenti, 6.to et 7.mo ante humerum conjunctis. Femora antica subtus medio haud dilatata: tibiae intermediae calcari elongato sed apice haud angustatae. — Long. 8 millim.

Rangoon.

This species has many of the characters of the *C. lobata* group, but differs in the 8.th elytral interstice being flatter and not nearly reaching the base of the elytra, besides other minor features.

27. **Clivina Parryi**, Putzeys, Postscr. ad Cliv. Monogr. p. 60; Révision Gén. des Clivinides p. 130.

Var. robustior, *C. lata,* Putz. Rév. Gén., p. 131.

Bhamò; Prome; Karin Ghecù 1300-1400 m.; Karin Asciuii Chebà; Meetan; Kawkareet (Fea); Rangoon (Putzeys). A widely-distributed species: Siam, Annam, Yang-tsze-Kiang, Japan, Celebes, Dorey (N. Guinea), Ceylon.

I have compared an example sent to me as *C. lata* by Putzeys and I find no difference except the slightly larger dimensions to distinguish it from *C. Parryi,* with which it is also connected by insensible gradations.

28. ? **Clivina convexicollis**, Putzeys, Postscr. ad Cliv. Monogr., p. 52.

Rangoon.

Four examples, referred with doubt to this species, to which,

however, they must be very closely allied. The chief discrepancies
are in the colour of the antennae which Putzeys described as
ferrugineous with a double black line terminating before the
apex, the first joint of the tarsi being similarly lineated; and
the finely granulated epistome and its wings. With regard to
the latter character, it is no doubt individual as I have seen
examples of allied species with granulated epistome which differ
in no other respects from other examples of the same species.
In the Rangoon examples and in others I have seen from
Cochin China the antennae are dark brown, ferruginous at the
base and apex. The thorax in *C. convexicollis* is short and broad
and rounded on the sides and vermiculate rugulose on the upper
surface. Putzeys seems to have been in doubt as to the locality
of the specimen he described; in the " Postscriptum " he says:
" Sumatra or Ternate " in his " Révision Générale, " he gives
" Celebes " only.

29. **Clivina mordax**, Putzeys, Postscr. ad Cliv. Monogr. p. 67(?)
Bhamò; Palon (Pegu); Rangoon.

A single example, agreeing with the description above cited
as far as it goes.

30. **Clivina scuticeps**, n. sp.

C. convexicolli affinis, sed thorace minus transverso et antice
minus angustato etsi lateribus paullo rotundatis. Nigra, nitida,
antennis, partibus oris et pedibus 4 posticis rufo testaceis, pedibus anticis obscurioribus. Epistoma obtuse truncatum supra prope
marginem transversim depressum, alis (indivisis) minus distincte
separatum, ala minori obtusius lobiformi; sulco frontali profundo,
carinis lateralibus curvatis sulcum attingentibus, fovea frontali
nulla; sulco transversali occipitali profundo verticeque juxta
sulcum verticali et paullulum convexo. Thorax mediocriter transversus, antice paullo angustatus, angulis anticis valde depressis,
lateribus paullulum rotundatis, dorso leviter striguloso etsi polito;
sulculis profundis anteriori integro. Elytra oblonga perparum
ovata, punctato-striata, interstitio 3.^{io} poris setiferis 4 prope

striam 3.^{iam}, 8.vo basin attingenti. Tibiae anticae supra dentes denticulo obtusissimo: intermediae haud calcaratae. — Long. 6 $^1/_2$ millim.

Bhamò, Shwegoo. Two examples.

31. Clivina occipitalis, n. sp.

Elongato-oblonga, piceo-nigra nitida, antênnis et palpis testaceo-rufis pedibus rufis femoribus anticis obscurioribus. Epistoma sinuato-truncatum angulis subacutis, supra dimidio anteriori depresso, alis indivisis ala interiori angusta lobiformi; fovea mediana frontali profunda, carina laterali breviori, sulcum frontalem haud attingente; sulco transversali occipitali acute inciso, punctato. Thorax minus transversus, laevis, convexus, antice fere rectilineariter angustatus, postice rotundatus, angulis posticis dentatis, sulculis incisis, anteriori transversali integro. Elytra punctato-striata (antice grossius), interstitio 3.^{io} poris setiferis 4 in medio interstitio impressis, 8.vo basin attingenti. Femora antica apice subtus obtuse dentata; tibiae intermediae haud calcaratae, graciles. — Long. 6 $^1/_2$ millim.

Bhamò; Senmigion.

Three examples. By the sinuated fore margin of the epistome and the abbreviated latero-frontal carinae this species belongs to the *C. lobata* group. The carinae, however, are decidedly longer than usual in that group and the absence of spur on the outer edge of the middle tibiae, which upon the whole seems to be a more constant character, shows that its true place is in the *C. convexicollis* group. It is, however, the only species I have seen in which the lateral edges of the forehead are free from carina and groove for a considerable distance behind the frontal sulcus.

32. Clivina costulipennis, n. sp.

Species singularis, elytrorum interstitiis omnibus elevatis costuliformibus striisque subtilibus minute transversim punctulatis, costulis basi tuberculiformibus, interstitio 8.vo ante basin cum 7.mo et 7.mo cum 6.to conjunctis, stria 3.^{ia} poris setiferis quatuor.

Minus elongata, oblonga, castaneo-picea polita, palpis et antennis melleo-flavis, pedibus magis rufis. Epistoma medio latum, antice marginatum fere recte-truncatum ab alis minoribus quadratis carinula solum separatum, alis majoribus parum rotundatis, oculis mediocriter prominentibus; sutura frontali haud perspicua ibique medio fronte tuberculatim elevata et rugosula, vertice utrinque versus oculum carinula et sulculo fere sicut in *C. lobata*, sulculoque punctato transverso occipitali. Thorax sat breviter quadratus, sulculo dorsali lato et profundo, sulculum anteriorem transversalem haud attingenti, ibique hoc interrupto; disco parum punctato, angulis posticis valide dentatis. Femora antica subtus fere recta; tibiae acute digitatae denticuloque minuto acuto; intermediae tenues, calcari parvo et tenui prope apicem. Antennae et palpi mediocriter graciles. — Long. 5 ¹/₂ millim.

Palon in Pegu.

There is one example only of this curious species.

33. Clivina chlorizans, n. sp.

Parva, oblonga, nigra nitida, elytris viridi-cyaneis, palpis antennarum articulis 4 basalibus (caeteris fuscis) pedibusque quatuor posticis fulvo testaceis, tibiis tarsisque anticis rufo-piceis. Epistoma medio angustum quadratum, truncatum angulis subacutis, alis interioribus acuminatis, alis exterioribus rotundatis, oculis modice prominentibus; sutura frontali haud perspicua fronte medio unicarinata, sulculo transversali occipitali punctulato. Thorax mediocriter convexus laevis, vix quadratus, antice angustatus, angulis anticis subrectis, posticis rotundatis etsi breviter dentatis, sulculo transverso punctato incompleto dorsali exarato. Elytra oblonga, fortiter punctato-striata, interstitiis 3.ⁱᵒ juxta striam, minute 4-punctato, 8.ᵛᵒ prope basin recto humerum attingenti. Tibiae anticae longe digitatae denticulo nullo, calcaribusque elongatis: intermediae extus rectae tenuiter setosae, haud calcaratae. — Long. 3 ¹/₂ millim.

Teinzò. One example only.

The longitudinal frontal carina is sharply raised and extends from close to the transverse occipital striae to beyond the place of the frontal suture.

34. Oxydrepanus birmanicus, n. sp.

O. mexicano (Putz.) affinis et simillimus, sed differt thorace minus quadrato, elytris magis ovatis etc. Rufo-testaceus nitidus, convexus. Caput parvum, laeve, epistomate cum alis integrato laeviter sinuatim truncato, fronte utrinque prope oculum depressa, medio convexa, sutura frontali nulla; alis majoribus convexis. Thorax elytris distincte angustior, convexus, lateribus paullo rotundatis sed angulis anticis a supra visis conspicuis, postice usque ad basin rotundatus, angulis posticis haud dentatis; sulculo latero-marginali porum setiferum posteriorem haud attingenti. Elytra elongato-ovata, humeris fere rotundatis, punctato-striata, striis prope apicem minus impressis; interstitiis 3.to et 5.to seriatim subtilissime setifero-porosis. Tibiae anticae dente apicali elongato, dentibus 2 superioribus minutis: intermediae rectae, extus breviter setosae haud calcaratae. — Long. 2 $^1/_2$ millim.

Kathà; Meetan (Tenasserim). Two examples only.

Oxydrepanus is a genus hitherto recorded only from Tropical America. It is intermediate between *Clivina* and *Dyschirius*. The palpi taper to a fine point but the penultimate and base of the apical joints (of the maxillaries) are, on the inner side, more dilated than in *Clivina*. Putzeys describes three species of *Dyschirius* from India, Siam and Burma which according to the characters given must be much nearer to *Oxydrepanus* than to *Dyschirius;* none of the descriptions applies to *O. birmanicus,* though that of *D. hispidulus* seems to approach it very nearly.

35. Dyschirius aeneobrachialis, n. sp.

D. verticali (Putz.) proxime affinis; differt praecipue pedibus anticis (tarsis et calcaribus fulvis exceptis) nigro-viridi-aeneis. Elongatus, angustus, supra aeneus politissimus elytris subviridi-aeneis, antennis articulis 2 basalibus (caeteris nigrofuscis) palpis tarsis et calcaribus anticis, pedibusque quatuor posticis fulvo-testaceis. Caput antice rugosulum vertice et occipite laevissimis;

epistoma arcuatim emarginatum, fronte antice medio elevata areaque elevata medio carinulata, vertice utrinque prope oculum carinato. Thorax valde convexus, ovatus, antice fortiter angustatus, lateribus fere usque ad basin marginatis, sulculo anteromarginali elongato-punctato. Elytra postice paullulum angustata, usque ad apicem striata, striis versus basin crenato-punctulatis, 2^{nda} et $3.^{ia}$ prope basin et apicem tenuioribus, interstitio $3.^{io}$ tripunctato. — Long. 3 $1/_2$ millim.

Senmigion. Two examples.

36. Dyschirius sp. ?

Tenasserim. One example, species indeterminable.

Subfamily SIAGONINAE.

37. Siagona atrata, Dejean, Sp. Gen., Col. I, p. 360.

Rangoon; Tikekee (Pegu).

38. Siagona subtilis, n. sp.

S. *Baconi* (Chaud.) affinissima, differt tantum pedibus nigropiceis elytrisque subtiliter piloso-punctulatis. Caput (♀) mediocre, fronte sparsim punctato, carinis lateralibus antice sicut in S. *Baconi* sulculo obliquo interruptis, sulco transversali occipitali acute impresso sed haud profundo, collo laevi. Thorax fere aequaliter subsparsim grosse punctatus, sulco utrinque omnino impresso. Elytra depressa, oblonga, humeris distinctis, subtiliter undique subsparsim piloso-punctata. — Long. 12 $1/_2$–16 millim. ♀.

Rangoon; Senmigion; Palon (Pegu).

Six examples; all females, consequently I am unable to say whether the mandibles of the ♂ have the remarkable development shown in S. *Baconi* ♂.

39. Siagona angulifrons, n. sp.

S. *Baconi* (Chaud.) proxime affinis; differt inter alia carinis frontalibus antice geniculatis nec interruptis. Mediocriter depressa, piceo nigra nitida, pedibus, palpis et antennis castaneo-fuscis vel rufis, labro quoque interdum rufo. Caput et thorax sparsim sat grosse punctata, media fronte et ·thoracis partibus convexis laevibus; carinis frontalibus acutis postice sulcum occipitalem (haud acute impressum) attingentibus, antice angulatim inflexis sed haud interruptis. Elytra oblonga, sicut in *S. Baconi* forma typica pilifero-punctata nitida, punctis postice vage prolongatis, punctisque rotundis nonnullis intermixtis.

♂. A *S. Baconi* differt mandibula sinistra versus apicem dente valido oblique elevato basi extus paullo dilatato; mandibula dextera prope basin dente obtuso verticaliter et paullo elevato. — Long. 14-18 millim. ♂ ♀.

Rangoon; Mandalay; Palon (Pegu).

The single ♂ appears to be a fully-developed example. In *S. Baconi* ♂ the left mandible has a broad tooth near the base vertically elevated, of which there is no trace in *S. angulifrons*.

40. **Siagona punctulata**, Chaud., Bull. Mosc., 1876, I, p. 38.
Bhamò.

Chaudoir's examples were from Dacca.

41. **Siagona flesus**, Dejean, Sp. Gén. Col. I, 363.
Rangoon; Shwegoo; Bhamò; Palon (Pegu).

A well-known Indian species.

42. **Siagona cinctella**, Chaud., Bull. Mosc., 1876, I, 34 (?)
Palon (Pegu).

Signor Fea's specimens agree well with Chaudoir's description, especially with regard to the pale lateral border of the elytra, the greater width of the body (as compared with *S. flesus*) and the deeper lateral sulci of the thorax. But the length given — 9 millim. — does not fit, the specimens measuring 11-12 $^1/_2$ millim. It is very closely allied to *S. flesus*, but differs in its greater breadth throughout, the head being much broader, flatter and more densely punctured and the sulci of the thorax deeply impressed in the middle. Chaudoir's two examples were from Rangoon.

43. **Siagona angustipennis**, n. sp.

S. punctatissimae (Chaud.) affinis sed minor, multo gracilior praecipue elytris anguste oblongo-ovatis. Piceo-nigra pubescens, antennis, palpis et pedibus ferrugineis. Caput mediocre, fronte convexa medio sparsim lateribus dense punctata, carinis lateralibus sulcum occipitalem (latum sat profundum) attingentibus antice incurvatis integris; collo grosse punctato. Thorax postice sat late rotundatus dense subaequaliter punctatus, sulcis utrinque profunde impressis. Elytra angusta subconvexa versus basin haud angustata, usque ad apicem densius punctata, punctis postice prolongatis. — Long. 11 millim.

Palon and Tikekee in Pegu.

Three examples, precisely similar.

Subfamily COSCINIINAE.

44. **Coscinia Helferi**, Chaud. Bull. Mosc., 1850, I, p. 441 ; id. ibid., 1876, I, p. 61.

Rangoon ; Mandalay ; Bhamò.

Many examples, including the variety having a large brown spot on each elytron, mentioned by Chaudoir. The species is also found in Siam.

Subfamily APOTOMINAE.

45. **Apotomus xanthotelus**, Bates, Entom. Monthly Mag., XI, p. 95 (1874).

Bhamò. Var. *pallidior*, Bhamò and Rangoon.

Differs from *A. rufus* by its shorter form and more rounded thorax and by the black or dark-brown colour of the body and the testaceous-white joints 8-11 of the antennae, joints 3-7 being black or brown and silvery-tomentose in certain lights; the two basal joints are fulvous like the palpi and legs. The body is clothed, in fresh examples, with an extremely fine, hoary tomentum which is soon abraded, and is destitute of the stiff erect pubescence seen in other species of the genus. The species was described originally from examples taken in Celebes; and it occurs also at Malacca. The elytra, on the basal half, are rather more depressed than in *A. rufus,* and in no example have I seen a long hair-fringe on the sides of the thorax. Brown or rufous individuals occur at Bhamò and Rangoon which, however, retain the characteristic colours of the antennae, though the joints 3-7 are not so deeply black. The species must be closely allied to *A. atripennis* (Motsch.) which, however, accor- ding to the description has wholly yellow antennae.

46. Apotomus hirsutulus, n. sp.

A. rufo (Oliv.) similis; minor, testaceo-rufus nitidus, supra sat dense et rigide erecto-pubescens, palpis et pedibus pallide fulvis; antennis fuscis, articulis basalibus pallidis, 11.mo (interdum 10-11) testaceo-albo: elytris sicut in *A. rufo* grosse punctato- striatis. Thoracis lateribus longe ciliatis. — Long. $3\,^1/_2$-$3\,^3/_4$ millim.

Rangoon; Palon (Pegu). Found also at Calcutta.

Subfamily BEMBIDIINAE

47. Bembidium xanthotelum, n. sp.

B. inserticipiti (Chaud.) affine; oblongum lateribus fere paral- lelis; nitidum, subviridi-aeneum, elytris apice (late), palpis an- tennarum articulis 1-4 et pedibus flavo testaceis. Caput in thoracem usque ad oculos insertum, foveis frontalibus latis parum impressis. Thorax valde transversus, quadratus, elytris vix an- gustior, angulis anticis porrectis, usque ad medium perparum dilatatus ante basin subsinuatim mediocriter angustatus, angulis posticis rectis, linea dorsali parum impressa, foveis basalibus (a margine remotis) brevibus, apice angulatis et intus prolongatis; basi utrinque prope angulum recto, marginato carinulaque brevi juxta angulum. Elytra passim aequaliter punctato-striata, striis 8-9 approximatis et versus basin conjunctis interstitiis fere planis, 3.^{io} bifoveato: margine basali utrinque prope humerum recto ibique marginato, humeris rectangulatis. — Long. $4\,^1/_2$-5 millim.

Rangoon.

Closely allied to the Mesopotamian *B. inserticeps,* Chaud. In fact, beyond the darker and more greenish-bronzed colour, the pale yellow legs and base of antennae, and the broad yellow apex of the elytra, I see very little difference. The head is finely alutaceous subopake, the head and elytra lightly shining.

48. Tachys prolixus, n. sp.

T. subvittato (Bates) proxime affinis, oculis similiter parum prominentibus, sulcis frontalibus extus curvatis, prolongatis, elytrorumque poro-setifero anteriori apud interstitium 6.^{tum} juxta striam 5.^{tam} sito, Oblongus, elytris quam in *T. subvittato* longioribus; rufotestaceus laete sericeus, antennis palpis pedibusque pallidis, elytris versus suturam et latera infuscatis. Thorax sat transversus, minus elongatus, antice late rotundatus postice sinuatim mediocriter angustatus, angulis posticis subacutis. Elytra striis punctulatis impressis utrinque quatuor, 5.ta parum conspicua, 8.va flexuosa, abbreviata, prope apicem, caeteris obsoletis 2.^{nda} et 3.^{ia} basin versus rectis; poro-setifero posteriori intra apicem striolae recurrentis sito. — Long. 3 $^1/_2$ millim.

Karin Asciuii Ghecù, alt. 1400-1500 m.

The Ceylonese *T. subvittatus* is smaller (3 millim.) has a distinctly longer, though similarly-shaped thorax and shorter elytra, with only two sharply impressed, and a third feebly-marked, striae, on each, the 2.nd and 3.rd incurved towards the base. The situation of the setiferous pores is the same.

49. Tachys photinus, n. sp.

T. subvittato (Bates) affinis. Multo major, et differt oculis prominentibus. Oblongus, supra planatus, castaneo-fuscus supra sericeonitens et certo situ opalescens. Caput fere nigrum, sulcis frontalibus latis sat profundis, curvatis, fere sicut in *Trechis,* frontis lateribus prope oculos convexis, poro setifero anteriori magno. Thorax castaneo-rufus, transverso-quadratus, mox pone angulos anticos rotundatos, ampliatus, post medium subsinuatim modice angustatus, margine laterali explanato-reflexo postice multo latius, angulisque posticis valde acutis, oblique elevatis;

sulculo medio-basali arcuato profundo area basali strigulosa. Elytra oblonga, utrinque striis punctulatis quatuor sat acute incisis, 5.ta-7.^{a} perspicuis etsi parum impressis, 8.va prope apicem tantum impressa, striola recurrenti apice recurva et intra ejus apicem poro setifero, poro setifero anteriori in striam 6.^{tam} sito; rufo-castanea, vitta lata suturali alteraque marginali nigricantibus, vel disco communi toto nigro; antennis (gracilibus), partibus oris pedibusque flavo testaceis. — Long. 3 $^1/_4$-4 millim. ♂ ♀.

Bhamò; Palon (Pegu); Karin Asciuii Ghecù, alt. 1400-1500 m.; Kawkareet (Tenasserim).

50. Tachys euryodes, n. sp.

T. photino proxime affinis; minor et relative brevior, thorace adhuc latiori; rufotestaceus sericeonitens, sulcis frontalibus prolongatis extus curvatis; elytris versus suturam et latera obscurioribus, striis punctulatis impressis tribus tantum, versus basin incurvatis, 4.ta et 5.ta vix perspicuis, 8.va prope apicem tantum impressa, caeteris omnino obsoletis; poro setifero anteriori apud interstitium 6.^{tum} juxta striam 5.^{tam}. — Long. 3 millim.

Karin Ghecù, alt. 1300-1400 m.

Very closely allied to *T. subvittatus* (Bates); the only difference worthy of note being the decidedly narrowed and longer thorax of *T. subvittatus;* in *T. euryodes* the width is nearly double the length; in both, the sides are strongly sinuated and the thorax narrowed behind the middle.

51. Tachys obsolescens, n. sp.

T. photino quoad thoracis formam simillimus. Multo minor, toto rufo testaceus sericeonitens, antennis palpis pedibusque pallidioribus; differt quoque striis 1-2 tantum et 8.va prope apicem distincte impressis, 3.ta certo situ perspicua, caeteris obsoletis. — Long. 2 $^1/_2$ millim.

Karin Ghecù, alt. 1300-1400 m.

52. Tachys haliploides, n. sp.

Ovatus, valde convexus, rufo testaceus, politus, elytris post

medium fascia angusta plus minusve indistincta (interdum obsoleta) nigro-fusca, palpis antennis (art. 3-11 interdum fuscis)
pedibusque melleo flavis. Sulci frontales utrinque angusti et
acute impressi, postice versus oculi marginem posteriorem curvati. Thorax latissimus, postice lateribus rectis et late explanatis,
angulis posticis acutis, basi utrinque versus angulum leviter
sinuato-arcuato; sulculo basali marginali brevi, longe ante angulos terminato, foveisque basalibus parvis. Elytra late ovata,
stria suturali solum acute impressa, 2-3 punctulatis interdum
perspicuis vel translucentibus, 8.va flexuosa abbreviata prope
apicem, poris setiferis minutis, anteriori post medium, posteriori
prope apicem haud procul a striola recurrenti sed extus, sitis.
— Long. 2$^{1}/_{3}$-2$^{1}/_{2}$ millim.

Bhamò; Karin Chebà, alt. 900-1100 m.; Thagata (Tenasserim).

T. amplians (Bates), Ceylon and *T. perlutus* (Bates), Japan,
are allied species belonging to the same subsection of *Tachys*.

The following can not be more than a variety of this species;
— Var. *T. contractulus*. A typo differt solum, statura minori,
thorace paullo angustiori, postice paullulum sinuato-angustato
lateribusque multo minus late explanatis. Long. vix 2 millim.
The antennae have joints 3-11 dusky brown, as in some examples of the type form.

53. Tachys remotiporis, n. sp.

Oblongo-ovatus paullo convexus, niger cyaneo-viridi tinctus,
politus, palpis antennis tibiis et tarsis fulvo testaceis, femoribus
fusco-metallicis. Sulci frontales angusti, postice usque pone oculos
divergentes. Thorax transversus mox pone angulos anticos valde
rotundato-dilatatus, ante medium usque ad basin angustatus,
angulis posticis rectis. Elytra convexa dorso anteriori subdepressa,
laevissima, stria suturali dimidio anteriori obsoleta, 8.va flexuosa
integra; poro-setiferó 1.mo disco anteriori versus humerum, 2.^{ndo}
prope striolae recurrentis apicem, sitis, striola valde elongata,
submarginali. — Long. 2$^{1}/_{4}$ millim.

Kawkareet and Meetan in Tenasserim.

54. **Tachys transumbratus**, n. sp.

T. triangulari (Nietner) affinis, sed differt elytris ovatis nec oblongis. Pallide testaceus, capite medio elytrisque paullo post medium transversim pallide fuscis. Oculi valde prominentes; sulci frontales prolongati extus divaricati. Thorax valde transversus, antice rotundato-dilatatus, postice sinuatim mediocriter angustatus, angulis posticis rectis. Elytra striis punctulatis distincte impressis 4, 5.ta et 6.ta certo situ perspicuis, caeteris obsoletis; poro-setifero anteriori apud interstitium 4.um juxta striam 4.^{tam}, poro-posteriori intra uncum striola recurrenti, sitis. — Long. 2 $^1/_3$ millim.

Senmigion.

55. **Tachys** (*Barytachys*) **callispilotus**, n. sp.

Elongato-ovatus, paullo convexus, nigro-fusco-aeneus, elytris utrinque maculis paullo transversis albotestaceis duabus, 1.ma prope basin inter strias 3.^{iam} et marginalem, 2.^{nda} versus apicem inter strias 2.^{dam} et marginalem; palpis basi, partibus oris antennis articulo basali (caeteris fusco-nigris) pedibusque flavotestaceis. Caput laeve, sulcis frontalibus brevibus parallelis. Thorax quadratus ante medium paullulum rotundatus, postice leviter sinuatim angustatus, angulis posticis rectis, carinulaque brevi obliqua supra juxta angulos. Elytra modice ovata, humeris rectis, utrinque striis tenuibus 1-6 parum abbreviatis distincte impressis, 7.ma vix perspicua, 8.va profunda integra; interstitiis fere planis, poris setiferis minutis, ambobus dorsalibus, in striam 3.^{iam} sitis. — Long. 2 mill.

Teinzò. Two examples.

56. **Tachys** (*Barytachys*) **Klugii**, Nietner, Ann. and Mag. Nat. Hist., 1858, 2, p. 423.

Karin Asciuii Ghecù, alt. 1400-1500 m.

Differs in nothing from the Ceylonese species and closely allied to *T. sulculatus,* Putz., but much larger than the size given by Putzeys. All the elytral striae (including the 9.th or marginal) are broad and deep, being sulci rather than striae, and punctulated, the 2.nd, 3.rd, 4.th, 6.th and seventh not quite reaching the base and the 2.nd to the 7.th terminating long before the apex, though rather unequal in length. The two setiferous pores are minute as in *T. callispilotus* and situated (one a little before, the others a little behind, the middle) in the 3.rd stria. The species is one of the finest in the genus, broad convex and dark but brilliant cupreous, with a small oblique yellow spot on each elytron near the apex.

57. Tachys (*Barytachys*) **Feanus**, n. sp.

T. Klugii (Nietn.) proxime affinis et similis, sed valde differt thorace cordato etc. Minor et angustior, valde convexus, politissimus, nigro-aeneus, elytris utrinque macula parva subapicali rufa, pedibus totis antennis basi flavotestaceis, caeteris fuscis. Thorax sat anguste cordato-quadratus, mox ab angulis anticis rotundato-dilatatus, post medium multo magis quam in *T. Klugii* angustatus, sinuatus, sulco transversali basali punctulato. Elytra sicut in *T. Klugii* utrinque sulcis-punctatis 9, basi et apice similiter abbreviatis; poris setiferis majoribus in striam 3.^{iam} sitis. — Long. 2 $^{2}/_{3}$ millim.

Bhamò.

T. sulcato-punctatus (Putz.) is apparently a closely allied species.

58. Tachys (*Barytachys*) **ocellatus**, n. sp.

Subovatus, valde convexus, politus, testaceo-rufus, elytris utrinque macula praeapicali flava plus minusve fusco-marginata, antennis palpis pedibusque albotestaceis. Sulci frontales acute incisi, postice apud verticem intus curvati. Thorax subcordatus, mox ab angulis anticis parum, ante medium fortius, rotundatus, postice sinuatim angustatus, sulco transversali basali tripunctato. Elytra striis 1-6 profundis, 2-4 et 6 basi valde abbreviatis et longe ante apicem desinentibus, 7 omnino obsoleta, 8.va et 9.na latissimis et profundissimis; poris setiferis minutissimis in striam 3.^{iam} sitis. — Long. 2 $^{1}/_{4}$ millim.

Teinzò.

59. **Tachys** (*Barytachys*) **latus**, Peyron, Ann. Soc. Ent. Fr. 1858, p. 364, pl. 9, fig. 3 (*Bembidium* id.).

Bhamò. One example.

Agrees precisely (except that the yellow elytral spots are rather smaller) with numerous examples taken in Armenia by D.ʳ Millingen, with which I have compared it.

60. **Tachys** (*Barytachys*) **bioculatus**, Putzeys, Ann. Mus. Civ. Genova, VII, p. 743.

Teinzò; Karin Asciuii Ghecù, alt. 1400-1500 m.; Karin Chebà, alt. 900-1100 m.; Karin Ghecù alt. 1300-1400 m.; Palon (Pegu). Also a common insect in Ceylon.

The following is evidently a variety of it: — var. *T. homostictus*, macula humerali rufa, antennis interdum toto melleo flavis. — Same localities. In examples of the type form, a red tinge is sometimes observable on the shoulders, and the antennae vary in the darkness of the joints 4-11.

61. **Tachys** (*Barytachys*) **expansicollis**, n. sp.

T. bioculato (Putz.) haud dissimilis; subaeneo-niger politus, elytris utrinque maculis duabus rufis, antennis basi pedibusque melleo flavis. Sulci frontales breves et lati subduplicati. Thorax antice valde rotundato-dilatatus, convexus, marginibus depressis explanatis, mox pone medium subito angustatus et sinuatus, angulis posticis rectis, carinulaque supra angulum valida elongata, fovea utrinque basali profunda. Elytra valde convexa, stria suturali acute impressa, 8.ʳᵃ profunda flexuosa medio latissime interrupta, caeteris obsoletissimis; poris setiferis discoidalibus duobus, anteriori prope basin, posteriori paullo post medium, striola recurrenti in mediam apicem brevi, recta. — Long. 2 $\frac{1}{2}$ millim.

Karin Ghecù, alt. 1300-1400 m., and Karin Asciuii Ghecù 1400-1500 m. Two examples.

In the curious form of the thorax this species must resemble (according to the description) *T. interpunctatus* Putz., from which it differs much in the sculpture of the elytra.

62. Tachys (*Barytachys*) **mirabilis**, n. sp.

Gracilior, valde convexus, politissimus, niger, elytris castaneo-fuscis, utrinque maculis duabus sat magnis rufo-testaceis, anteriori juxta humerum vage delimitata elongata, posteriori subrotundata et pallidiori longe ante apicem; palpis et pedibus flavo-testaceis, antennis articulis 1-2 rufis, 3-6 nigro-fuscis, 7-11 albis. Sulci frontales acuti angustissimi, omnino laterales juxta oculos, fronte lata laevi. Thorax elongato- et sat anguste cordatus, capite paullulum latior, antice mediocriter rotundato-dilatatus, postice gradatim sinuato-angustatus; sulculo transverso basali nullo, dorsali fere obsoleto; fovea basali sat angusta subelongata, carinula supra angulos obtusa. Elytra modice ovata, basi utrinque a thoracis angulo recte oblique truncata, humeris acute oblique dentatis, stria tenuissima suturali, alteraque medio-basali abbreviata versus discum extensa acute-impressis, 8.va et 9.na grossius exaratis, epipleuris latis sub corporis lateribus deflexis: poris setiferis duobus minutis discoidalibus, altera paullo ante, altera paullo post medium. Pedes elongati. Subtus politus, castaneo-fuscus, ventre rufo. — Long. 2 $^{1}/_{2}$ millim.

Bhamò; Kawkareet (Tenasserim).

This curious and charming species seems on first examination to merit generic separation, but it is evidently only one amongst the many modifications of form in the *Barytachys* group. *B. convexum*, Mc. Leay (Tr. Ent. Soc., N. S. W. II, p. 115) from Queensland and West Australia is somewhat allied, the thorax being destitute of the transverse basal sulcus, and the shoulders of the elytra faintly dentate, but in other respects the form of body and sculpture offer nothing peculiar.

63. Tachys (*Barytachys*) **infans**, Bates, Ann. and Mag. N. H. (5) XVII, p. 154.

Senmigion; Karin Chebà alt. 500-1000 m.; Karin Asciuii Ghecù alt. 1400-1500 m.

Also found in Ceylon. There are three minutely punctulated striae on each side of the suture, the third more or less abbreviated both anteriorly and posteriorly and bearing the two dorsal setiferous-pores; the 8.th stria is strongly impressed and entire. The frontal sulci are broad, not distinctly duplicated and nearly parallel, the forehead between moderately narrow. The thorax is quadrate-cordate, strongly sinuate-angustate behind with outstanding, acute hind angles. The colour is rufo-testaceous the elytra with a more or less distinct fuscous vaguely limited fascia a little behind the middle, and sometimes an oval yellow-testaceous spot near the apex. It varies in size from barely 2 to 2 $^{1}/_{3}$ millim.

64. **Tachys** (*Barytachys*) **emarginatus**, Nietner, Ann. and Mag. N. H. 1858, II, p. 425; Bates, ibid. (5) XVII, p. 155 (1886).

Bhamò; Rangoon; Mandalay; Tenasserim.

Apparently a common insect in Burma as it is in Ceylon and occuring in the same wide range of colour varieties. The long divergent and straight frontal furrows with the accompanying 2 or 3 shorter furrows near the epistome and the emarginate labrum readily distinguish the species, which occurs also at Fuchau and on the Yang-tsze in China.

65. **Tachys** (*Barytachys*) **poecilopterus**, Bates, Trans. Ent. Soc. 1873, p. 331.

Bhamò; Teinzò; Prome; Rangoon.

In correction of the description above-cited I may mention that the frontal foveae are short and distinctly duplicated. The species was described from examples from Fuchau, China.

66. **Tachys** (*Barytachys*) **Nietneri** (nom. nov.); *B. ornatum,* Nietner, Ann. Mag. Nat. Hist., 1858, II, p. 426 (nec *B. ornatum,* Apetz (1854) = *B. orientale,* Nietn., *Tachys,* id. Bates, Ann. Mag. N. H. (5) XVII, p. 156; nec *T. deliciolus,* Bates Ann. Soc. Ent. Fr., 1889, p. 274).

Mandalay.

One example. *T. deliciolus,* Bates is an allied species, very similar in form and colours but distinguished by the dark coloured antennae. This latter character proves to be of great constancy and is apparently of specific value. *T. Nietneri, poecilopterus, deliciolus* and *scydmaenoides* (Nietn.) are all closely allied and distinguishable chiefly by the outline of the thorax and colour of the antennae. I referred *T. ornatus*, Nietn. with mark of doubt as a synonym of *T. deliciolus* in Ann. S. E. Fr. supra cit., which synonymy must be withdrawn.

67. Tachys (*Barytachys*) unitarius, n. sp.

A. *T. Nietneri* (*ornato*, Nietn.), differt elytris stria suturali (8.va prófunda excepta) solum impressa. Politissimus, rufo testaceus elytris postice fuscescentibus maculasque utrinque duabus (1.ma magna humerali indefinita 2.^{nda} transversa distinctiori versus apicem) flavo testaceis; palpis antennis pedibusque pallide flavo-testaceis. Sulci frontales utrinque duplicati, breves, interspatio laevi frontali lato. Thorax transversus, postice parum sinuatim et mediocriter angustatus, angulis posticis haud exstantibus. Elytra convexa, stria 2.^{nda} interdum obscure indicata, poris discoidalibus duobus minutissimis. — Long. 2 millim.

Karin Chebà alt. 900-1100 m.; Palon (Pegu).

The darker brown colouring of the elytra is sometimes suffused over the posterior portion, reducing the size of the posterior yellow spots.

68. Tachyta umbrosa, Motschulsky, Etud. Ent. 1862, p. 32; Bates, Ann. Mag. Nat. Hist. (5) XVII, p. 151.

Bhamò; Teinzò; Karin Chebà, alt. 900-1100 m.

Other known localities are India, Ceylon, Kiu Kiang on the Yang-tsze and South East Borneo.

69. Lymnastis pilosus, n. sp.

Angustus, sublinearis supra undique dense erecte pilosus, rufo testaceus, palpis antennis pedibusque pallidioribus. Caput exsertum, mediocre, sulcis frontalibus brevibus, latis, parallelis; oculis mediocriter prominentibus. Thorax quadratus, mox ab angulis anticis sat dilatato-rotundatus, postice sinuatim angustatus, angulis posticis apice acutis sed basi utrinque prope angulum valde obliquata, sulculo basali parum impresso; supra undique punctulatus. Elytra elongata, fere parallela, deplanata, apice singulatim rotundata, punctulato-striata, striis lateralibus parum-impressis, poro-setifero utrinque unico prope apicem, striola recurrenti nulla, interstitiis parum convexis dense seriatim punctulatis. — Long. 2 $^{1}/_{3}$-2 $^{1}/_{2}$ millim.

Bhamò; Kathà; Palon (Pegu).

70. Lymnastis atricapillus, n. sp.

L. piloso proxime affinis; minus elongatus et multo minus dense etsi subtilius punctulato-pilosus. Caput latior, oculis magis prominentibus, fusco-nigrum, sulcis frontalibus brevibus latis, profundis, approximatis. Thorax brevior, late cordatus prope basin sat fortiter angustatus, lateribus ante angulos breviter sinuatis. Elytra punctulato-striata, striis omnibus (6-7 obsoletis exceptis) passim et aequaliter acute impressis. — Long. 2 millim.

Kathà.

Agrees with Motschulsky's description of *L. pullulus*, as to colour and sculpture and sufficiently well as to form; but it cannot be that species as the author describes the elytra as " striis dorso interruptis, postice profundius impressis, interstitiis vix distincte punctulatis. "

The genus *Lymnastis* was very insufficiently characterized by Motschulsky, in Etudes Ent. 1862, p. 27. A peculiarity, which chiefly refers to the American species, was added by Chaudoir in Rev. and Mag. de Zool. 1868, p. 21. The best description of the genus is that of Piochard de la Brulerie, in Ann. d. la Soc. Ent. Fr., 1875, p. 436.

Subfamily TRECHINAE.

71. Trechus birmanicus, n. sp.

T. Oreasi (Bates) affinis. Facies *Anchomeni;* castaneo-fuscus, elytris opalescentibus, antennis pedibusque rufo testaceis, palpis albotestaceis. Caput ovatum, oculis mediocriter prominentibus, genis postocularibus minimis; antennae elongatae articulo 2.^{ndo}

quam 4.to multo breviori. Thorax capite paullo latior, quadratus, postice vix angustatus subsinuatus, ante medium paullo rotundatus deinde versus apicem citius angustatus, angulis posticis rectis, margine laterali explanato-reflexo. Elytra late oblongo-ovata, convexa, profunde punctulato-striata, striis 3-4 et 6-7 apice abbreviatis, interstitiis tamen parum convexis, striola recurrenti cum 5.ta continuata, poro setifero dorsali unico prope apicem in striam 3.^{iam} sito; humeris late rotundatis. Subtus cum elytrorum epipleuris rufo-castaneus. — Long. 5 millim.

Karin Asciuii Ghecù, alt. 1400-1500 m.

72. Trechus cauliops, n. sp.

Oblongus, nigro-vel castaneo-fuscus politus, paullo convexus, antennis rufo-testaceis, partibus oris pedibusque pallidioribus. Caput medio dilatatum oculisque valde prominentibus, sulcis frontalibus acute exaratis, fronte tota usque ad oculos depressa. Palporum articulus apicalis elongatus, tenuiter linearis. Thorax brevis et latus, mox ab angulis anticis rotundato-dilatatus postice subrecte angustatus, angulis posticis rectis, basi depressus vix sulcatus, margine basali utrinque usque ad angulum obliquato. Elytra laevissima, stria suturali solum impressa, 8.va valde interrupta, striola recurrenti lata parum impressa; poris-setiferis utrinque tribus conspicuis, 1.ma versus basin, 2.^{nda} medio disco, 3.^{ia} prope apicem. — Long. 3 $\frac{1}{2}$ millim.

Karin Ghecù alt. 1300-1400 m. Asciuii Ghecù 1400-1500 m.

Subfamily PANAGAEINAE.

73. Brachyonychus laevipennis, Chaudoir, Essai Monog. s. l. Panagéides, 1878, p. 7.

Var. *parumpunctatus*.

Malewoon in Tenasserim.

Two examples, which differ from Chaudoir's description in the punctuation of the sides of the elytra extending over the whole of the 8.th interstice, with a few punctures on the 7.th; and also in the base of the elytra being punctulated in a similar manner. I doubt whether this difference is more than an individual variation, especially as I have seen an example from Siam, the country of Chaudoir's type specimen, which has a precisely similar punctuation. The size of Signor Fea's specimens is 29 millim.

74. **Epicosmus mandarinus**, Schaum., Ann. S. E. Fr., 1853, p. 436; Chaud., Essai Monogr. s. l. Panagéides, p. 33.
Mandalay.

The single examples offers no difference worthy of note from others with which I have compared it from Hong Kong and the Island of Formosa. I have a similar example also from Siam.

75. **Epicosmus breviformis**, n. sp.

Parum elongatus, elytris ovatis convexis. Niger, elytris maculis utrinque citrinis subquadratis duabus, 1.ᵐᵃ subhumerali inter strias 5 et 9 (interdum usque ad marginem extus dilatata), 2.ᵈᵃ anteapicali inter strias 3 et 8 vel 4 et 8. Caput breve et latum, fronte grosse punctato-rugosa, oculis valde prominentibus. Thorax subhexagonus, angulis lateralibus rotundatis; mediocriter convexus, lateribus dilatatis perparum reflexis, margine basali fere recto, prope angulos vix obliquato, angulis fere rectis breviter dentatis; toto aequaliter confluenter punctato, opaco. Elytra comparate brevia, ovata, profunde crenulato-striata, interstitiis convexis haud dense sed aequaliter punctulatis. Episterna postica brevia, quadrata. Segmenta ventralia antice haud crenulata. Tarsi lineares. — Long. 12-13 millim.

Karin Chebà alt. 900-1100 m. Palon (Pegu). Thagatà (Tenasserim).

76. **Epicosmus mandarinellus**, n. sp.

Quoad formam *E. mandarino* (Schaum) simillimus, sed multo minor. Caput ante oculos brevissimum, oculis valde prominentibus; epistomate convexo, laeve, sutura frontale nulla, fronte sat plana intricato-punctata. Thorax ab angulis anticis (juxta collum) usque longe ultra medium sub curvatim ampliatus (angulo ro-

tundato), deinde ad angulos posticos citius angustatus, angulis
posticis breviter dentatis basi prope angulos leviter obliquata;
dorso paullo convexo grosse subconfluenter punctato. Elytra
oblonga, convexa, profunde crenulato-striata, interstitiis convexis,
sat dense punctulatis, subnitidis; maculis aurantiacis minime
dentatis quadratis utrinque duabus, 1.ma inter strias 4.^{am} et marginem (epipleuras includenti) et extus dilatata, 2.^{nda} inter strias
4.^{am} et 8.^{vam} Episterna postica elongata et angusta cum corporis
lateribus grosse punctata. Tarsi graciles, articulo 4.to breviter
emarginato. — Long. 9 millim. ♂.

Bhamò.

One example. Another of the same species which I have
examined from Bombay, is larger (12 millim.) with the lateral
margins of the thorax near the hind angles a little more raised
and the posterior elytral spot beginning at the 3.rd stria. In
all other respects the two examples agree. The metasternal
episterna are decidedly longer and proportionally narrower than
in *E. mandarinus*. The ventral segments appear not to be crenated on their anterior margins.

77. Epicosmus latigenis, n. sp.

E. Mouhoti (Chaud.) affinis, at multo minor. Elongato-oblongus
parum ovatus convexus, niger, elytris utrinque maculis rotundatis aurantiacis duabus 1.ma versus humerum inter striam 4.^{tam}
et marginem usque epipleurae medium, 2.^{nda} versus humerum
inter strias 4.^{am} et 8.^{vam}. Caput breve et latum, mox pone oculos
constrictum, fronte inaequali grosse punctata, epistomate laevi.
Thorax mox pone angulos valde declives late rotundato-ampliatus,
medio late rotundatus et post medium recte mediocriter angustatus, ibique margine explanato et valde elevato, angulis posticis
acute dentatis; grosse plerumque discrete punctato, interstitiis
punctulatis. Elytra profunde crenulato-striata, interstitiis convexis
sat sparsim punctulatis. Episterna postica quadrata (quam latitudine haud longiora). Segmenta ventralia antice crenata. Mentum breve, lobis basi extus valde dilatatis, antice recte angustatis. Tarsi graciles, articulo 4.to perparum emarginato. Maxillae

elongatae, longe ultra mandibulas exsertae. — Long. 15 millim. ♂ ♀.

Karin Chebà alt. 900-1100 m.

The posterior ventral segments in the two specimens before me, as frequently happens, are drawn at their bases under the edges of the preceding segments, making it difficult to detect the crenated anterior margins; they are, however visible in one place in one of the specimens.

78. Epicosmus brevisternis, n. sp.

Oblongo-ovatus, convexus, niger, elytris utrinque maculis duabus transverso-quadratis, perparum dentatis, aurantiacis, 1.ma inter strias 4.^{am} et 9.^{am} (marginem haud attingenti) 2.^{nda} inter strias 4.^{am} et 8.^{vam}. Caput ante oculos minus prominentes elongatum, post oculos minus constrictum, sulco transversali haud impresso, fronte confuse colloque transversim rugulosis, epistomate convexo, laevi, sutura frontali nulla. Thorax sub hexagonalis, medio sat angulariter dilatatus antice paullo magis quam postice subrecte angustatus, angulis anticis a supra perspicuis, angulis posticis paullo obtusis, haud dentatis, margine basali recto, laterali perparum reflexo; supra ruguloso-punctatus, interstitiis punctulatis. Elytra subelongato-ovata convexa, profunde punctulato-striata, interstitiis subtiliter subdense punctatis, 9.no seriatim conspicue ocellato-punctato. Episterna postica valde transversa. Tarsi articulis penultimis distincte emarginatis. — Long. 18 millim.

Thagatà (Tenasserim).

One example only. Probably of the same subgroup as *E. Mouhoti* (Chaud.), but the anterior borders of the ventral segments do not appear to be crenated. The lobes of the mentum are exteriorly much dilated. The metathoracic episterna are nearly twice as broad as long and their parallel-sided epimera are very distinct.

79. Epicosmus Feae, Bates, Annali d. Mus. Civ. Gen., Ser. 2.ª, VII, p. 101.

Bhamò.

80. Epicosmus gracilipes, n. sp.

Sat anguste oblongus, antennis pedibusque gracilibus. Niger, erecte pubescens subnitidus, elytris utrinque maculis duabus perparum dentatis citrinis duabus, 1.ma transversim quadrata inter striam 3.^{am} vel 4.^{am} et marginem (epipleuram partim includenti), 2.^{nda} rotundata, inter strias 3.^{am} vel 4.^{am} et 8.^{vam}. Caput ante oculos valde prominentes breve, quadratum, fronte grosse confluenter punctata, epistomate et collo laevibus. Thorax rotundatus (elytris vix angustior) post medium angustatus et verticaliter arcuatus, angulis posticis dentatis, anticis valde declivibus, grosse partim confluenter punctatus. Elytra oblonga, paullulum ovata, crenato-striata, interstitiis subconvexis punctulatis. Episterna postica quam latitudine paullo longiora, nec angustata. Segmenta ventralia antice crenata. Tarsi postici articulis 4.to haud emarginato. Palpi graciles pallide testacei, antennis tarsisque sordide fulvis vel piceis. — Long. 12 millim.

Bhamò.

Found also at Noa Dehing and Sadiyd in the upper Assam Valley.

81. Dischissus alaticollis, n. sp.

D. cereo (Mc. Leay) proxime affinis. Paullo major, elongato-oblongus parum ovatus, niger, nitidus, elytris utrinque maculis subrotundatis citrinis duabus, 1.ma subhumerali a stria 5ta usque ad epipleuras extus paullulum latiori, 2.^{nda} ante apicem inter strias 3.^{iam} et 8.^{vam}. Caput ante oculos breve et latum, epistomate politissimo, fronte punctata et rugosa. Thorax fere circularis, lateribus late explanatis et oblique elevatis; disco grosse confluenter punctatus, lateribus sparsius et obsoletius rugoso-punctatis, angulis posticis dentatis margineque basali prope angulos obliquato, ascendenti et sinuato. Elytra oblonga convexa punctulato-striata, interstitiis convexis subsparsim punctulatis. Tarsi subtus dense fusco-pilosi, articulo 4.to longe et recte bilobato. — Long. 16 millim.

Thagatà (Tenasserim).

One example. I have another, almost precisely similar, from the Andaman Islands.

82. **Dischissus longicornis**, Schaum, Berl. Ent. Zeitschr., 1863, p. 84; Chaudoir, Ess. Monogr. s. l. Panagéides, p. 73.
Kawkareet (Tenasserim).
Described by Schaum from Hong Kong examples. It seems to differ extremely little from *D. quadrinotatus*, Motsch. of Japan.

83. **Euschizomerus aeneus**, Chaudoir, Rev. et Mag. Zool., 1869, p. 118; Essai, Monogr. des Panagéides, p. 80.
Tikekee (Pegu).

84. **Euschizomerus aeneipennis**, Chaud., Rev. et Mag. Zool. 1869, p. 118; Essai Monogr. d. Panagéides, p. 79.
Bhamò.

Subfamily **CALLISTINAE**.

85. **Callistomimus modestus**, Schaum, Berl. Zeitschr. 1863, p. 85 (*Callistus*); — *amabilis* (Chaud.) Redtenb. Reise d. Novara Col., p. 20; Chaud., Bull. Mosc. 1872, I, p. 382.
Palon (Pegu); ·Bhamò; Kawkareet (Tenasserim).
Except in their rather smaller size I can detect no difference between the Pegu insect and that from South East China and Japan. In some of Signor Fea's examples there is a small black humeral spot, but in others the humeri are spotted as in Chinese specimens.

86. **Pristomachaerus quadristigma**, n. sp.
P. Messii (Bates) proxime affinis. Subaenescenti-niger, breviter pubescens, capite thoraceque viridi aeneis, vel aeneis, illo multo laetius nitido, grosse punctato medio fere laevi; partibus oris antennarum articulis 1-3 et pedibus rufotestaceis. Oculi sicut in *P. Messii* valde prominentes. Thorax quam in *P. Messii* latius

rotundatus, convexus, margine laterali anguste explanato (interdum pallido) angulis anticis valde declivibus rotundatis, posticis in dentem sat elongatum acutum prolongatis, post dentem margine profunde exciso ante dentem parum sinuato ; supra grosse et crebre punctatus, punctis transversim subconfluentibus, linea dorsali medio tantum impressa, lineis transversalibus nullis. Elytra convexa, acute punctulato-striata, interstitiis subconvexis crebre discrete punctulatis, maculis utrinque duabus flavis, 1.ma subhumerali a stria 4.ta usque ad epipleuram extensa extusque dilatata, 2.^{nda} transversa inter strias 3.^{am}-8.^{vam}. — Long. 7 $^1/_2$ mill.

Bhamò; Palon (Pegu) ; Shwegoo.

Closely allied to *P. Messii* (Bates) from Quang-tung, China and probably not more than a local race of that species. It differs, however, constantly in the much larger anterior yellow spot of the elytra, and in the rather more broadly rounded thorax. It also resembles *P. 4-guttatus* (Putz.) from Darjiling, which, however, according to the description, differs in such important characters as the " yeux fort peu saillants " " corselet plus allongé " (que *P. Messii*) " plus étroit, moins arrondi sur les côtés " and " ponctuation des intervalles beaucoup plus grosse et confluente. " *P. Messii* must be very nearly allied to *Pristomachaerus chalcocephalus* (Wiedm., Zool. Mag. II, 1, p. 57 (*Panagaeus*) from Java, differing, in fact, chiefly in the shape of the elytral spots. The yellow marks on the apical margins of the elytra, mentioned by Wiedmann, are not a constant character, as they exist in some examples of all three species and not in others. To the characters of *Pristomachaerus* given in Trans. Ent. Soc. 1873, p. 323, I may add that the head possesses only one supraorbital seta, the penultimate joint of the labial palpi is elongate and plurisetose and the soles of three dilated joints of the anterior ♂ tarsi are brush-like, without trace of squamulae, the joints being dilated and ciliated on their inner edges. These characters which are also those of *Callistus*, point unmistakeably to an affinity with the *Chlaenii* from which it is only the absence of subapical notch and plica from the the elytra that separates them. The extraordinary length and tenuity of the maxillae is only an exaggeration of the form exhibited in *Callistus* and *Callistomimus,* and, in fact the latter genus is connected with *Pristomachaerus* by insensible gradations as regards the length of the maxillae, and general facies, so that there remains only the prolonged hind angles of the thorax separated from the base by a deep sinuation to distinguish *Pristomachaerus.*

87. Pristomachaerus rubellus, n. sp.

P. quadristigma affinis; paullo gracilior. Caput viridi aeneum, grosse punctatum; oculis prominentibus. Thorax supra et subtus rufus, rotundatus, postice longius sinuato-angustatus, angulis posticis oblique extantibus elongatis, grossissime confluenter punctatus. Elytra nigra, scutello vittaque abbreviata suturali (interstitia 1-2 et juxta basin 1-3 tegenti) rufis, fasciisque utrinque duabus flavo-testaceis, 1.ma anteriori a stria 3.^{ia} usque ad marginem, extus dilatata, 2.^{nda} versus apicem obliqua, a striis 2.^{nda} usque ad 8.^{vam} extensa; punctulato-striata, interstitiis subconvexis, transversim grosse rugatis. Antennae fuscae articulis 1-3 et palpis flavo-testaceis fusco variegatis. Pedes flavo-testacei, femoribus et tibiis apice et tarsis posticis fuscis. — Long. 6 millim.

Karin Chebà alt. 900-1100 m.

I have seen a specimen also from the Naga Hills alt. 1300 m., differing in nothing except that there is a pale yellow spot at the sutural apex of the elytra.

88. Pristomachaerus eucharis, n. sp.

Minus convexus, opacus, capite solum viridi aeneo nitido; thorace vittaque basali elytrorum interstitia 1-3 et scutellum tegenti rufis, elytris nigris certo situ sericeo-relucentibus, macula suturali-apicali fasciisque duabus, anteriori a stria 3.^{ia} usque ad 8.^{vam}, posteriori a striis 1-9 extensis, flavo-testaceis; partibus oris (labro excepto) antennarumque articulis 1-3 rufo-testaceis, pedibus albo-testaceis, femoribus tibiis et tarsis apicibus nigris. Caput grosse punctatum, medio laeve. Thorax rotundatus, margine laterali explanato, angulis anticis minus declivibus, desuper perspicuis, posticis elongatis acutis, ante dentem margine sinuato; creberrime punctulatus punctulis pubescentia incumbenti rufo obtectis. Elytra acute striata, interstitiis planatis subtilissime punctulatis. — Long. 6 millim. ♂ ♀.

Bhamò; Karin Chebà alt. 900-1100 m.; Palon (Pegu).

Very closely allied to *P. quadricolor,* Putzeys. I should have concluded it to have been that species had it not been for the widely different sculpture of the thorax, which, according to Putzeys' description is " couvert de gros points souvent confluents, " which cannot mean other than a sculpture similar to that of *P. Messii* and *quadristigma.*

89. Pristomachaerus Lebioides, n. sp.

Parum convexus, capite nigro polito; elytris nigris sericeoopacis, utrinque fasciis duabus angustis albotestaceis, anteriori recta a striis 3-8, posteriori obliqua a striis 2-9, antennis nigris, basi et palpis testaceo-variegatis; thorace rufo, pedibus albo-testaceis, femoribus tibiis articulisque tarsorum apice late nigris. Caput grosse et sparse punctatum, medio laeve. Thorax rugulosopunctulatus, paullo ante medium rotundatus, posticis longius sinuato-angustatus, angulis posticis paullo brevius dentiformibus. Elytra punctulato-striata, interstitiis minute punctulatis. — Long. 4 ¹/₂ millim. ♂ ♀.

Karin Chebà alt. 800-1100 m.; Karin Asciuii Chebà (1200-1300 m.)

90. Pristomachaerus cauliops, n. sp.

Convexus, subnitidus. Caput nigro-aeneus politus, grosse punctatus medio laevi: oculis valde prominentibus breviter pedunculatis; partibus oris antennarumque articulis 1-3 flavotestaceis. Thorax mediocriter rotundatus, postice sinuato-angustatus, angulis posticis elongatis acutis, anticis declivibus desuper vix perspicuis; convexus, rufus, grosse et crebre punctatus. Elytra aenescentinigra, scutello et suturae basi anguste rufis, maculisque utrinque duabus transversis flavo-testaceis, anteriori valde dentata extus dilatata a stria 4.ᵗᵃ usque ad epipleura extensa (apud interstitia

4-5 angusta vel interrupta), posteriori dentata a striis 3-10. Pedes albo-testacei. — Long. 5 $\frac{1}{2}$-6 millim. ♂ ♀.

Palon (Pegu).

The projecting eyes give this pretty little species an extraordinary appearance ; their base forms a short peduncle (longer behind) projecting distinctly from the sides of the head ; they are grayish-white with a round black spot on their upper surface.

Subfamily CHLAENIINAE.

Hemichlaenius, nov. gen.

Quoad characteres inter Genera *Chlaenium* et *Callistum*. Caput mox pone oculos gradatim paullo angustatum. Mandibulae elongatae porrectae, acutissimae, scrobo latissimo triangulari margine inferiori explanato. Maxillae sicut in *Pristomachaero* (Bates) longissimae, graciles parum curvatae, intus versus apicem spinulosae inferius ciliatae. Palpi glabri, gracillimi, articulis terminalibus subcylindricis versus apicem leviter attenuati, apice breviter obtuse truncati, maxillarium articulo penultimo sequenti dimidio longiori, labialium penultimo elongato plurisetoso. Mentum sinu dente lato apice inciso. Antennae graciles articulo 3.^{io} sat dense longe pubescenti, sequenti dimidio longiori, 4-11 densissime breviter pubescentibus. Corpus supra dense sculpturatum, opacum, pubescens; subtus medio glabrum laeve. Elytra margine humerali rotundato plica sub margine sub-apicali tenui fere obsoleta. Episterna postica brevia. ♂. Tarsi antici articulis 1-3 quadratis, intus dilatatis plantis breviter erecte pubescentibus, marginibus ciliatis; art. 1.mo basi 3.^{io}que apice leviter angustatis.

In the form of the mandibles and maxillae this genus agrees with *Pristomachaerus* of the subfamily *Callistinae;* the palpi differ from those of the *Callistinae* in being glabrous and not acuminated at the apex ; but especially in the penultimate joint of the labials being plurisetose as in the *Chlaeniinae*.

91. Hemichlaenius microspilus, n. sp.

Elongato-ovatus, convexus, purpurascenti-niger opacus, capite cyanescenti subnitido, elytris macula parva suturali versus apicem obscure rufa, partibus oris antennis (art. 3 basalibus fuscis) pedibusque testaceo-rufis; subtus niger opalescenti-sericeus. Caput minute intricato-punctulato-rugulosum. Thorax ovatus postice multo magis quam antice angustatus, densissime ruguloso-punctatus, angulis anticis porrectis, posticis obtusis sed apice rotundatis, margine laterali tenuissimo. Elytra tenuiter punctulato-striata interstitiis fere planis discrete et minute granulosis; margine basali utrinque valde depresso, humeris rotundatis. — Long. 11 millim.

Karin Chebà alt. 900-1100 m.

Two, unfortunately mutilated, examples.

92. Chlaenius (*Homalolachnus*) Feanus, n. sp.

C. panagaeoidi (Chaud.) proxime affinis; differt solum thorace sicut in *C. sexmaculatus* (Dej.) elongato pedibusque totis (genubus fuscis exceptis) flavo-testaceis. Elongatus sat angustus, capite sparse et praecipue apud collum punctato, fronte utrinque pluristrigulosa; labro (antice recte truncato) palpis et antennis (valde elongatis) rufo-testaceis, his articulo 3.^{io} obscuriori. Oculi quam in *C. sexmaculato* magis prominentes. Thorax elongato-quadratus, lateribus paullo magis quam in *C. sexmaculato* regulariter arcuatis, angulis posticis valde distinctis etsi obtusis, confluenter (praecipue transversim) punctatus. Elytra elongata, lateribus fere regulariter etsi leviter arcuatis, punctulato-striatis, interstitiis subtiliter alutaceis-opacis, biseriatim setifero-punctatis. Episterna postica brevia, sparsim punctata. Caput aurato-cupreum, politum, lateribus viridi-aeneis; thorax obscure fusco-cupreus opacus, marginibus anguste viridi-aeneis; elytra subcyanescenti-fusco-nigra, maculis utrinque duabus flavotestaceis, 1.ma ad tertiam partem anteriorem inter strias 3 et 9 extus dilatata, 2.^{nda} prope apicem rotundata inter strias 3 et 8. Subtus nigro-aeneus, politus. — Long. 16 millim. ♂.

Teinzò. One example.

93. Chlaenius (*Barymorphus*) **Mellyi**, Chaudoir, Bull. Mosc. 1850, 1, p. 407; id., Monogr. des Chléniens, 1876 (Annali d. Mus. Civ. Genova, VIII), p. 30; *Barymorphus concinnus*, Laferté; Ann. Soc. Ent. Fr. 1851, p. 236, *B. planicornis;* id., ibid.; *Chlaenius Swinhoei*, Bates, Proc. Zool. Soc., 1866, p. 342.

Bhamò.

The species is variable in size and in the width of the orange spot or fascia of the elytra. It has been recorded from the Malabar coast, Bengal, Dacca and the island of Formosa. I have seen examples also from Nepaul and Çeylon. The single example from Bhamò agrees with the var. *concinnus,* Laf., being smaller and having a narrower elytral fascia than the others.

94. Chlaenius medioguttatus, Chaudoir, Monogr. d. Chléniens, 1876, p. 35.

Bhamò.

One example. The locality of Chaudoir's specimen was Dacca.

95. Chlaenius (subg. n. *Chlaenioctenus*) **pectinipes**, n. sp.

A *Chlaeniis* omnibus adhuc descriptis differt unguibus pectinatis. *C. limbicolli* (Chaud.) affinis, palpis ♂ articulo apicali dilatato margine exteriori a medio truncato. Elongato-oblongus, nigropolitus, elytris utrinque paullo post medium macula subrotundata aurantiaca, inter strias 3.^{am} et 8.^{vam} extus paullo dilatata, palpis maxillaribus articulis apicali et penultimo, labialibus articulo apicali antennisque articulis 4-11 rufescentibus. Caput ovatum sparse (collo paullo grossius) punctulatum; labrum recte truncatum. Oculi mediocriter prominentes. Thorax elongato-ovatus tenuissime et sparsim basi crebrius punctatus, lateribus fere regulariter modice arcuatis explanato reflexis, angulis posticis subrectis sed ad apicem rotundatis. Elytra convexa fortiter punctulato-striata, interstitiis lateraliter (prope strias) seriatim punctatis, prope apicem et marginem exteriorem crebrius piloso-punctatis. Subtus sternis posticis abdomineque lateraliter punctatis prosterno et medio corpore laevissimis. Prosternum apice marginatum, episterna postica sat brevia extus sulcata. Antennae et pedes

elongata, tarsis subtus dense pilosis; femora subtus (σ) denti-
gera. Elytra margine humerali rotundato. — Long. 14 millim. σ.

Karin-Ghecù alt. 1300-1400 m.

There is one example only of this extraordinary species,
which differs from the *Chlaenii* of Chaudoir's subgroup *limbicollis*
in nothing that I can see except in the pectinate claws; it is
necessary, however, to establish a separate section for its reception which I have done under the name *Chlaenioctenus*. A
closely allied species, if not a variety of the same, occurs in
Assam ([1]).

96. **Chlaenius bioculatus**, Chaud., Bull. Mosc., 1865 II, p. 198.
Bhamò; Teinzò.

Found also in Bengal and along the east and west coasts of
India and at Hong Kong *Ch. aspericollis*, Bates (Trans. Ent.
Soc.. 1873, 248) Japan, is only a variety in which the whole
disk of the thorax is bronzed black and the interstices of the
elytra are a little more convex than usual.

97. **Chlaenius bimaculatus**, Dejean, Sp. Gén. II, p. 301; Chaud.,
Monogr. d; Chléniens, p. 51.

Karin Chebà; Bhamò.

Originally described from Java, the species has been since
found to have a wide range. — Borneo; Ceylon; Bengal; Assam. Some of the examples from Assam have nearly red tibiae
and tarsi and therefore connect the species with *C. lynx* (Chaud.)
of Eastern China and Formosa.

98. **Chlaenius maculatus**, Dej.
Mandalay.

([1]) **Chlaenius eneides**, n. sp.

Quoad formam *C. pectinipedi* simillimus, differt thorace viridi-aeneus medio tantum nigro, femoribusque medio annulo lato flavo. Palpi apice obscurius picei in ♀
paullo dilatati extus recti, maxillaribus apice obtuse rotundatis. — Assam (Mc. Chennell). — ♂ 14 ♀ 15½ millim.

99. Chlaenius pictus, Chaud., Bull. Mosc. 1856, II, p. 208; id., Monogr. des Chléniens (1876), p. 62: *C. Schönherri*, Dej., Sp. Gén. V., p. 626.

Bhamò.

Recorded by Chaudoir from North India and the Northern Provinces of China. Found also at Bombay. Besides the larger size and fiery coppery colour of the head and thorax the species is distinguished from *C. hamifer* by the more conspicuous though minute granulation of the elytral interstices.

100. Chlaenius hamifer, Chaud., Bull. Mosc., 1856, II, p. 209; id., Monogr. des Chlén. (1876), p. 62.

Senmigion; Karin Chebà.

India is the locality of this species, given by Chaudoir; but he states that it has also been met with at Zanzibar. Individuals from Kashmir, Madras and Bombay which I have examined agree well with the Burmese examples, except that they are a little smaller.

101. Chlaenius tetragonoderus, Chaudoir, Monogr. d. Chlén., p. 68.

Palon (Pegu). One example.

I refer this species to *C. tetragonoderus* with some hesitation. It agrees, however, very well with the description.

102. Chlaenius apicalis, Wiedm., Zool. Mag. I, 3, p. 166; Dej. Sp. Gén., II, p. 324; Chaud., Monogr. d. Chlén., p. 89.

Senmigion; Bhamò; Teinzò. Also found in Bengal.

103. Chlaenius Bhamoensis, n. sp.

C. femorato (Dej.) proxime affinis et simillimus, sed differt *inter alia* thorace postice minus, et nullomodo sinuatim, angustato, angulisque posticis rotundato-obtusis. Magnus, capite thoraceque laete viridi-aeneis elytris viridescenti-nigris sub opacis, antennis (quam in *C. femorato* distincte gracilioribus) et palpis fulvo-rufis, his articulis 2-3 fuscis, pedibus nigris, femoribus basi et apice exceptis nigris testaceo-rufis. Caput sparse punctatum et leviter rugulosum. Thorax subquadratus, paullo ante medium leviter rotundatus, deinde minusquam antice angustatus; sparsissime punctulatus, basi et apice medio striatus, linea dorsali profunde impressa, fovei basalibus latis et profundis. Elytra valde elongata postice perparum ampliata, tenuiter punctulato-striata, interstitiis 1-8 anguste costatis laevibus, sed utrinque prope strias (σ ♀) seriato-punctulatis. Subtus sericeo-niger; prosterno antice meso- et metasternis ventrisque lateribus punctulatis. Antennae tenues, articulo 3.^{io} quam 4.to fere longiori sparse longe piloso. — Long. 24 millim. σ ♀.

Bhamò.

The species is still more closely allied to the Chinese *C. costiger* (Chaud.) in colours being nearly the same as the variety with brilliant green head and thorax which occurs on the upper Yang-tsze and in Cochin China, from which *C. Bhamoensis* differs in little except the colours of the legs.

104. **Chlaenius nigricoxis**, Motschulsky, Bull. Mosc. 1864, II, p. 339; Chaud., Monogr. d. Chlén., p. 94.

Bhamò; Palon; Karin Chebà alt. 900-1100.

Agrees with Motschulskys' description, founded on examples from Hong Kong, in all respects except size, which however this author is well known often to mis-state. He gives " 9 $^{1}/_{4}$ lin.; " the Birmese specimens measure from 24 to 26 millim. I have an example from Laos collected by Mouhot, and another from Java received together with *C. femoratus* (Dej.). The species though so similar in size and colours to *C. costiger* and *C. femoratus* and agreeing with the latter *C. Bhamoensis* in the colour of the legs, is strikingly different in the nearly flat, minutely and densely punctured elytral interstices and in the æneous-black head.

105. **Chlaenius annulipes**, n. sp.

Quoad colores *C. nigricoxi* (Motsch.) simillimus, sed valde differt elytrorum margine humerali angulato etc. Elongatus, elytris postice usque prope apicem gradatim dilatatis. Niger, capite polito, thorace aurato-aeneo splendido, elytris subviola-scenti-nigris subopacis, femoribus quatuor posticis annulo lato rufo, palpis antennisque piceo-rufis. Caput latiusculum, laeve, fronte lateribus verticeque sparso punctatis. Thorax cordatus, antice rotundatus, post medium valde sinuatim angustatus, ante basin rectus (lateribus parallelis) angulisque posticis rectis (apice obtusis); angulis anticis valde declivibus, margine laterali explanato-reflexo post medium verticaliter arcuato; supra sparsim punctatus, transversim rugulosus. Elytra postice gradatim ampliata apice latissime rotundata, acute punctulato-striata, interstitiis exterioribus, et versus apicem omnibus, fere planis setifero-punctatis, interioribus magis convexis medioque laevibus, lateribus tantum plerumque uniseriatim setifero-punctatis. Prosternum medio longe pubescens episterno laevissimo, processo acuto, marginato; meso- et metasterno ventreque medio laevibus, lateribus mediocriter punctatis: episterna postica brevia. Antennae articulo 3.to sparsim longe piloso sequente multo longiori. Palpi (φ) apice haud dilatati, compressi, truncati. Elytra basi utrinque depressa margineque brevi et arcuato, humeris mediocriter angulatis. — Long. 22 millim. φ.

Karin Ghecù alt. 1300-1400 m.

Two female examples. Notwithstanding the distinct (though moderately obtuse) humeral angles, this species would be best placed in the vicinity of *C. costiger* and *nigricoxis,* with which it has an evidently close affinity.

106. **Chlaenius Camillae**, Gestro, Ann. Mus. Civ. Genova (2), VI, p. 108.

Teinzò.

This singular species belongs to the group of Chaudoir's Monograph in which the underside of the abdomen is impunctate and the elytral margin is angulated at the humeri. The form of the shoulders is, however, peculiar, for the very broad base of the elytra is not the true base the margin curving strongly inwards long before the true humeral angle, which is situated further inward towards the suture. The basal margin is almost angularly sinuated.

107. **Chlaenius circumdatus**, Brullé, Rev. Ent. Silbermann, III, p. 283; Chaud., Monogr. des Chlén., p. 114; *C. limbatus,* Dej., Sp. Gen., II, p. 306 (nom. praeoc.); *C. cupricollis,* Nietner, Ann. Mag. N. H., 1857, vol. XIX, p. 243.

Tikekee (Pegu); Rangoon; Modha (upper Irawadi); Senmigion; Karin-Chebà alt. 900-1100 m.

108. **Chlaenius nitidicollis**, Dejean, Sp. Gén., II, p. 314; Chaud., Monogr. des Chlén., p. 117.

Senmigion. Found also in Bengal.

109. **Chlaenius nigricans**, Wiedmann, Germar Mag. d. Ent., IV, p. 110; Chaud., Monogr. d. Chlén., p. 126; *C. culminatus,* Bates, Trans. Ent. Soc., 1873, p. 251; *Epomis nigricans,* Dej., Sp. Gén., II, p. 371; *E. rugicollis,* Laferté, Ann. S. E. Fr., 1851, p. 253.

Bhamò.

A widely distributed species in South Eastern Asia; Bombay, Bengal, China and Japan; in the two last-named countries the elytra are generally of an emerald-green tint and the interstices somewhat more sharply raised, forming the var. *culminatus.*

110. **Chlaenius quadricolor**, Olivier, Ent. III. N.º 35, p. 77, pl. X, f. 111; Chaud., Monogr. d. Chlén., p. 154; *C. orientalis,* Dej., Sp. Gén., II, p. 339.

Bhamò.

A well-known Indian species occuring from North India to Ceylon.

111. **Chlaenius praefectus**, Bates, Trans. Ent. Soc. 1873, p. 253; *C. ducalis,* Chaud., Monogr. d. Chlén., p. 155.

Teinzò.

Dacca and Rangoon are the localities given by Chaudoir for

his *C. ducalis. C. praefectus* seems to be not an uncommon insect on the Yang-tsze-Kiang and in Japan. It varies a little, as most *Chlaenii* are found to do, when a long series is examined, in the outline of the thorax, which is sometimes nearly as narrow at the base as at the apex, and the sides slightly sinuated.

112. **Chlaenius chalcothorax**, Wiedm., Zool. Mag. II, 1, p. 51; Chaud., Monogr. des Chlén., p. 138 ; *C. pubipennis,* id., Bull. Mosc., 1856, II, p. 233.

Rangoon; Teinzò ; Senmigion; Palon (Pegu).

The granulate-punctuation of the elytral interstices is perceptibly closer and finer than in the examples I have seen from Bengal and Assam.

113. **Chlaenius privatus**, n. sp.

C. chalcothoraci (Wiedm.) affinis et similis, sed differt *inter alia* elytrorum limbo flavo obsoleto, epipleuris et margine reflexo (interdum interstitio 9no partim) solum rufo-testaceis. Elongatus, elytris anguste oblongis perparum ovatis, capite et thorace viridi-aeneis (disco interdum cuprascentibus) illo lateribus· et postice sparsim grosse punctato, hoc quadrato postice parum angustato, vix sinuato, sparsissime grosse punctato, foveis basalibus rotundatis profundis. Elytra purpurascenti- vel aenescenti-nigra lateribus interdum viridescentibus, punctulato-striata, interstitiis paullo convexis, mediocriter dense aspere punctulatis fulvo-pubescentibus sericeis. Episterna antica parum et haud profunde punctata, processu apice marginato, postice sat elongata cum metathoracis lateribus grossius punctata; abdomen fere toto laeve. Palpi (art. apical. gracilibus truncatis) labrum (antice truncatum) antennae et pedes rufo-testacea. — Long. 16 millim. ♂ ♀.

Asciuii Chebà alt. 1200-1300 m.

Two other species of the same group (to which *C. festivus* belongs) have a similar narrow rufous margin to the elytra: one *C. rudesculptus* (Chaud.) from Siam has the inner elytral interstices near the base smooth, the other *C. macropus* (Chaud.) from India is very much larger with elytra dull black.

114. Chlaenius delicatus, n. sp.

C. Bengalensi, Chaud. affinis sed *C. spoliato* (Fabr.) similior ; prasinus cupreo-aureo relucens, elytris parum nitidis, partibus oris antennis et pedibus flavo-testaceis. Caput subtiliter rugosum, occipite punctis paucis grossis, oculis prominentibus. Thorax fere sicut in *C. bengalensi, luzonico* et affinibus quadratus sed antice leviter rotundatus lateribusque ante basin distincte sinuatis, angulis posticis subrectis etsi basi prope angulos obliquato ; grosse sparsissime punctatus, linea dorsali antice et postice abbreviata profunda, foveis basalibus sat latis opacis. Elytra punctulato-striata, interstitiis praecipue 3.^{io} 5.to et 7.mo convexis medio laevibus, utrinque juxta strias uniseriatim sat dense et conspicue punctatis, interstitiis 8 et 9 margineque dense granulatis, opacis pubescentibus. Labrum antice fere rectum. Palpi graciles truncati. Elytra humeris acute angulatis Prosternum medio setiferopunctatum apice marginatum, episternis sparsim grosse punctatis ; episterna postica valde elongata cum metasterni lateribus grosse punctata. Abdomen medio laeve, lateribus parum punctatis. — Long. 15 millim. ♀ .

Teinzò. Two examples, females.

Belongs to the *quadricolor* group of Chaudoir's monograph, but differs somewhat from the other species of the group by the thorax being less gradually narrowed to the front and sinuated behind. This subcordate form added to the general colour : — tender green, with coppery tinge especially on the convex interstices of the elytra, give it a *primo intuitu* resemblance to *C. spoliatus,* but the thorax is less narrowed near the base and the elytra are not margined with yellow.

115. Chlaenius ochroperas, n. sp.

Ad sectionem tabulae Chaudoirii I. B. XX. 2. a. pertinet. Quoad formam *C. laeticolli* Chaud. subsimilis ; viridi-aeneus, elytris sericeo-opacis, interstitiis interioribus (praecipue versus basin) nigricantibus, limbo apicali lato, epipleuris, palpis, labro et pedibus, rufo-testaceis. Caput subtiliter rugulosum, oculis prominentibus, labro antice truncato, palpis gracilibus apice truncatis. Thorax comparate angustus, cordatus postice sinuatim angustatus, angulis posticis rectis, sparsissime punctatus, parum convexus foveis basalibus oblongis. Elytra ante apicem distincte sinuata, deinde usque ad suturam valde obtuse rotundata; glabra, crenulato striata, interstitiis fere planis, intus prope basin excepto, subtilissime alutaceis, inpunctatis versus apicem tantum punctis nonnullis prope strias, apiceque sparsim pubescenti. Episterna antica fere laevia processu marginato : postica sat elongata cum metasterni lateribus parum punctata : abdomen laeve, apice testaceo-marginatum. Elytra margine humerali angulato — Long. 13 millim. ♀.

Rangoon ; Bhamô. Two examples.

116. Chlaenius ?

Rangoon.

A single example possibly a variety of *C. phaenoderus* (Chaud.) but at present indeterminable.

117. Chlaenius poecilinus, n. sp.

Ad sectionem *C. quadricoloris* pertinet et *C. phaenodero* Chaud. proxime affinis. Latius elongato-oblongus, glaber, nitidus (elytris paullo minus). Caput et thorax splendide aurato-cuprea, illo sparsissime punctato-alutaceo, hoc transversim quadrato, sat brevi, lateribus arcuatis, postice quam antice paullo longius sed minus angustato, angulis posticis obtusis fere rotundatis, toto sparsissime et parum punctato. Elytra viridescenti-nigra versus latera clarius viridia, nitida, punctulato-striata, interstitiis omnibus convexis et laevibus, utrinque juxta strias et praecipue versus apicem sparse seriato-punctatis, 8.ᵛᵒ 9.ⁿᵒ et margine sat sparsim punctatis nullomodo granulatis, nitidis. Palpi, labrum, pedes et antennae rufo-testacea, .his articulo tertio quam 4.ᵗᵒ haud multum longiori, labro antice truncato; palpi art. apicali nullomodo dilatato, truncato. Episterna antica parum et haud fortiter punctata; postica sat elongata fortius sed haud dense punctata.

♂. Tarsi antici sat late aequaliter dilatati art. 1.ᵐᵒ brevi, lato vix triangulari. — Long. 17 millim. ♂.

Kawkareet in Tenasserim. One example.

Differs from *C. phaenoderus* (Chaud.) of Bengal in its broader form and brilliant golden-coppery head and thorax and also in the broader and shorter dilated anterior tarsal joints of the ♂ and shining, sparsely punctured marginal interstices of the elytra.

118. Chlaenius ?

Bhamò.

A single example, ♂, which notwithstanding a careful examination, I am unable to refer to any of the groups of Chaudoir's monograph.

119. Chlaenius Cambodiensis, Bates, Ann. Soc. Ent. Fr., 1889, p. 266.

The series of well-preserved examples collected by Signor Fea enables me to give a fuller description of this species than the above-cited :

C. Sinensi (Chaud.) proxime affinis, differt corpore supra glabro nitido, capite thoraceque viridi-aeneis politis, etc. Elongatus, convexus, glaber. Caput laete viridi-metallicum, sparse punctulatum et rugulosum ; labrum truncatum. Thorax viridi-aeneus, disco interdum splendide cupreo-aurato, sat elongatus, antice magis quam postice angustatus, lateribus fere regulariter et modice arcuatis, angulis anticis valde declivibus rotundatis, posticis obtusis etsi distinctis, toto sparsim punctatus et transversim strigulatus, foveis basalibus brevibus, profundis, grosse punctatis. Elytra punctulato-striata ; interstitiis mediocriter convexis, laevibus, prope apicem et latera (interstitio 9.⁰⁰ et 8ᵛⁱ dimidio) punctatis punctis breviter setiferis ; dorso nigricantia, lateribus (apicem versus excepto) basique viridi-aeneis, apice macula oblonga marginali flava, epipleuris nigris. Antennae, labrum, palpi et pedes rufo-testacea, tarsis paullo obscurioribus. Subtus niger. Prosternum antice utrinque parum punctatum processu apice valde deflexo et marginato ; mesosternum laeve ; metasternum lateribus punctatum, episternis quam latitudine anteriori paullulum longioribus extus marginatis. Antennae articulo

3.¹⁰ mediocriter elongato, piloso. Palpi sat graciles, apice haud dilatati, acute truncati. Abdomen fere laeve, medio politum. Elytra humeris angulatis. — Long. 13-17 millim. ♂ ♀.

Bhamò; Karin Chebà alt. 900-1100 m.

Occurs also in Cambodia, on the Khasia Hills and at Sudiya, Assam. The individuals from Khasia and Assam have a much scantier punctuation on the head and thorax and the margins and apex of the elytra are nearly free from setiferous punctures; the elytra also are much greener.

120. **Chlaenius dilatatus**, Motschulsky, Bull. Mosc., 1856, II, p. 348; Chaud., Monogr. des Chlén. (1876), p. 157.
Senmigion.

Deccan (Dacca?) is given by Chaudoir as the locality known to him for this species.

121. **Chlaenius puncticollis**, Dejean, Sp. Gén. II, p. 315.
Senmigion; India (Dejean, Chaudoir).

122. **Chlaenius laevipennis**, Chaud., Monogr. des Chlén., p. 196?
Teinzò.

One example, referred with some doubt to the above species which is found at Dacca. It agrees with the description as to the form and colour but differs in the granulation of the elytral interstices, which appears coarser rather than finer than that of *C. puncticollis*.

123. **Chlaenius celer**, Chaud., Monogr. des Chlén., p. 200.
Bhamò; Shwegoo; Katha; Palon.

Agrees with the description above-cited in all essential characters, even to the simple tooth of the mentum. Chaudoir records it as from Dacca and North India.

124. **Chlaenius corrosulus**, n. sp.

C. marginello (Dej.) affinis et subsimilis, sed conspicue differt thorace minori et valde cordato etc. Viridi parum nitidus, capite collo incluso et thorace subtiliter intricato-rugulosis, submetallicis, disco cuprascentibus. Caput punctis paucis indistinctis. Thorax comparate parvus, antice valde rotundatus, post medium fortiter sinuatis, angulis posticis rectis vel paullo exstantibus, anticis deflexis rotundatis, supra undique minus grosse quam capite rugulosus, grosse discrete punctatus, margine laterali subtus rufo. Elytra punctulato-striata, interstitiis planis mediocriter granulato-punctatis, dense et longe fulvo-pubescentibus, margine laterali, apice haud dilatato, usque ad striam 8.^{vam} extenso (prope humeros paullo latiori) epipleurisque flavis. Venter toto late flavo-marginatus. Elytra sulculo humerali valde rotundato, basi utrinque profunde sinuato. Prosternum apice marginatum. — Long. 11 $^1/_2$ millim. ♀.

Teinzò. One example.

Belongs to the small group of Chaudoir's monograph, which contains only two species viz. *C. submarginatus* and *C. impressicollis,* in both of which the thorax is rounded in the middle and with more or less rounded hind angles.

125. Chlaenius submarginatus, Chaud., Monogr. des Chlén., p. 235.

Karin Asciuii Chebà alt. 1200-1300 m.

Described by Chaudoir from examples obtained at Rangoon and in Northern India. In a large series I have examined from Bengal I observe that the great majority have the punctuation of the elytral interstices much more sparse towards the base, especially on interstices 2 and 3 from the suture, which are often smooth and polished. Other examples of the same series do not differ from the Burmese form.

126. Chlaenius caeruleiceps, n. sp.

C. deliciolo et *cyanicipiti* (Bates) affinis et simillimus, sed differt thorace postice recte (fere sinuatim) angustatus angulisque posticis distinctis etsi obtusis. Paullo minor elytrisque minus elongatis. Caput caeruleum nitidum, densissime confluenter et subtiliter punctulatum. Thorax quam in *C. deliciolo* magis elongatus angulisque anticis magis porrectis, densissime granulatus, testaceo-flavus vitta lata antice paullo dilatata, nigra, opaca. Elytra nigra opaca, pube fulva incumbenti induta, punctulato-striata, interstitiis planis discrete granulatis, macula suturali versus apicem paullo ultra striam tertiam extensa epipleurisque, flavis; humeris omnino rotundatis. Antennae fusco-nigrae, versus apicem fulvescentes articulis 1-2, partibus oris pedibusque rufo-testaceis. Subtus niger politus. — Long. 10 millim. ♂ ♀.

, Karin Cheba alt. 900-1100 m.

127. **Hololius nitidulus**, Dejean, Sp. Gén., II, p. 341 (*Chlaenius*); *Chlaenius ceylanicus,* Nietn., Ann. Mag. N. H. (2) XIX, p. 241; *H. punctulatus,* Chaud., B. M., 1857, III, p. 10.

Rangoon. Also found in India, Ceylon, Malayan Peninsula, South China, Sumatra and Celebes.

Chaudoir, in his latest published work (Oberthür's Coleopterorum Novitates, p. 37) pointed out important characters in this genus viz: the approximation of the 8.th and 9.th elytral striae and the simple penultimate joint of the labial palpi, which connect the *Chlaeniinae* with the *Oodiinae*.

Nanochlaenius, n. g.

Insectum parvum. Corpus laeve, glabrum. Antennae articulis 1-3 glabrae. Palpi apice gradatim acuminati, maxillarium articulo penultimo brevi cum articuli apicalis basi arcte conjuncto. Caput gracile ovatum, seta supraorbitali unica. Thorax basi latus absque poris setiferis. Elytra margine subapicali interrupta, subtus plicata. Mesosternum antice longitudinaliter concavum. Mesosterni epimeris angustissimis; metasterni episterna elongata, epimeris distinctis.

♂. Tarsi antici articulis 1-3 parum dilatatis aequalibus, subtriangularibus angulis rotundatis 2-3 apice obliquis angulis interioribus productis; plantis breviter pilosis.

In facies this curious little Carabid is totally unlike any species

of *Chlaeniinae* or *Oodinae;* but the essential characters leave no
doubt whatever that it belongs to one or other of these groups;
to *Chlaeniinae* preferably as the 8-9 elytral striae are not closely
approximated as in the *Oodinae*. The penultimate joint of the
labial palpi appears to have only one seta.

128. Nanochlaenius Feae, n. sp.

Oblongo-ovatus paullo convexus, rufo-testaceus, capite postice
nigro, elytris disco toto fusco-nigris sub-opalescentibus. Caput
laeve, foveis frontalibus ovatis mediocriter impressis. Antennae
mediocres articulis 4-11 latioribus. Thorax elytris parum angustior, trapezoidalis, lateribus anticis paullulum rotundatis, prope
basin sinuatis angulisque posticis exstantibus acutis; foveis basalibus vage impressis laevibus. Elytra punctato-striata, stria
scutellari nulla, interstitiis subplanis absque punctis. — Long.
3 $\frac{1}{2}$-4 millim. ♂ ♀.

Rangoon; Kathà; Palon (Pegu).

Subfamily OODIINAE.

129. Simous lampros, n. sp.

S. nigricipiti (Wiedm.) affinissimus a quo differt corpore magis
elongato oblongo, elytris praecipue comparate longioribus. Laete
viridi-aeneus, politus, antennis articulis 1-3 (caeteris fuscis) palpis
et pedibus piceo nigris, capite nigro. Thorax laevis; lateribus
leviter arcuatis antice convergentibus, fovea utrinque basali distincta etsi perparum impressa. Elytra striis acute exaratis dense
punctulatis, humeris brevissime dentatis; interstitiis perparum
convexis vel planis. Subtus niger. — Long. 17-18 millim. ♂ ♀.

Bhamò; Palon (Pegu).

I have seen examples also from the Khasia Hills and compared
the species with numerous specimens of *S. nigriceps* from Bengal,
which differ much in form and colour from *S. lampros*.

130. Simous lucidus, Chaudoir, Rev. et Mag. Zool., 1869,
p. 76; id., Ann. Soc. Ent. Fr. 1882, p. 376.

Rangoon.

Found also in Siam, Cambodia and Annam.

131. ? Oodes parallelus, Laferté, Ann. Soc. Ent. Fr., 1851, p. 271, nota 5; Chaudoir, ibid., 1882, p. 347.

Palon, Pegu.

One example, which I refer to this species with some hesitation, as it differs in certain points from the description, chiefly as regards the margination of the prosternum. To this character I am disposed to attach little value, as the Japanese *O. vicarius* (Bates) which Chaudoir places in his section " Prosternum inter coxas haud marginatum " varies in the prosternum being sometimes very sharply margined to the apex (without quite rounding the apex) and at others showing a margin only along the anterior curve of the coxal sockets, with intermediate gradations.

132. Oodes cribristernis, n. sp.

O. parallelo (Laf.) similis et affinis; minor, angustior et praecipue differt episternis posticis sicut in *O. americano* (Dej.) dense punctulatis; prosterno ventrisque basi dense punctulatis. Oblongus, nigro-aeneus, subnitidus, palpis tarsisque apice rufo-testaceis, antennis articulis 1-3 nigro-piceis caeteris rufo-fuscis. Thorax foveis basalibus fere obsoletis. Elytra fere parallela, striata, striis versus basin vix perspicue punctulatis, interstitiis paullulum convexis 8.vo lato. Epistoma margine leviter arcuato, angulis utrinque poro setifero. Prosternum usque paullo ultra medias coxas marginatum. — Long. 11-12 $\frac{1}{2}$ millim.

Karin Chebà alt. 900-1100 m.; Karin Asciuii Chebà 1200-1300 m.

133. Oodes Peguensis, n. sp.

O. siamensi (Chaud.) proxime affinis; differt praecipue forma paullo latiori et convexiori thoraceque mox ab angulis anticis rotundato. Oblongo-ovatus, niger subnitidus. Labrum medio impressum, epistomateque antico marginato. Thorax sat convexus foveaque utrinque basali profunda, punctiformi. Elytra crenulatim punctato-striata, interstitiis planis, 8.vo precedenti dimidio angustiori, antice et postice angustissimo; striola scutellari striisque 1-3 versus basin convergentibus, 1 et 2 in foveolam basalem desinentibus, stria 3.^{ia} et striola basin attingentibus, 4-6 basi abbreviatis. Episterna postica grosse pauciter punctata. — Long. 9 millim. ♀.

Palon in Pegu.

Agrees in almost every detail of sculpture with *O. siamensis* and differing only in the rather more robust form, especially the more rounded sides of the thorax towards the apex and the punctuation of the posterior episterna, which is coarser and much less dense.

134. Oodes Westermanni, Laf. Ann. Soc. Ent. Franc. (2) IX, 1851, p. 271.

Toungoo.

135. Oodes rhodopus, n. sp.

Breviter ovatus, aenescenti-niger, politus, laeviter iridescens, partibus oris, antennis pedibusque rufis. Palpi apice leviter truncati. Caput breve, oculis magnis et prominentibus, sulcis frontalibus lateralibus elongatis, epistomatis angulis puncto setifero. Thorax latitudine postica duplo brevior a basi ad apicem, imprimis paullulum deinde citius, rotundato-angustatus, fovea utrinque basali distincta, angusta. Elytra gradatim angustata, mediocriter convexa, crenatim punctulato-striata, striis 1-2 foveolam basalem attingentibus, interstitiis fere planis, 8.ra praecedenti haud angustiori, punctis dorsalibus haud perspicuis. Prosternum apice rotundatum, omnino marginatum, episterno laevissimo: episternis posticis parum punctatis. Labrum 6 punctatum. — Long. 6 $^{1}/_{2}$-7 millim. ♂ ♀.

Bhamò; Karin Chebà alt. 900-1100 m.; Malewoon (Tenasserim) Palon (Pegu).

136. Oodes, sp. ?

Bhamò. One example.

137. Anatrichis Birmanica, n. sp.

Sat anguste oblongo-ovata, palpis antennis pedibusque piceo-rufis, thorace lateribus rufo-translucentibus: supra minutissime dense punctulata sed nitida. Sulci frontales nulli. Thorax basi elytrorum latior, a basi usque ad apicem leviter curvatim et fortiter angustatus, fovea basali utrinque profunda. Elytra crenatim punctato-striata, interstitiis planis, 3.^{io} poris setiferis minutis duobus, 8.vo praecedenti haud angustiori; striola scutellari brevissima. Antennae articulo 3.^{io} multo abbreviato — Long. 5 millim. ♀.

Rangoon.

Subfamily LICININAE.

138. Rhembus politus, Fabr., Ent. Syst. I. 1, p. 146; Dej. Sp. Gén., II, p. 381.

Rangoon; Bhamò; Teinzò; Palon (Pegu).

Examples from the above-named localities do not differ from others with which I have compared them from Bombay and Northern India.

139. Rhembus rectificatus, n. sp.

Quoad formam *R. impresso,* Fabr., similis, sed *R. polito* (F.) magis affinis: corpore longiori oculisque minus prominentibus primo intuitu differt. Niger, nitidus, palpis articulisque 1-3 antennarum (caeteris rufo fuscis) nigro piceis. Caput angustior, oculis parum prominentibus, post oculos nullomodo angustatum: epistomate antice perparum et late arcuato-emarginato, labroque paullo minus profunde exciso. Thorax longius quadratus, prope medium dilatatus, apicem versus subrecte et longe angustatus, post medium paullo minus angustatus sed (sicut in *R. polito*) sinuatus angulisque posticis rectis exstantibus; margine laterali incrassato et sulculato-marginato, foveis basalibus elongatis sulciformibus profundis. Elytra oblonga subparallela, punctato-striata, striola scutellari elongata. — Long. 19-20 millim. ♀.

Rangoon; Palon (Pegu).

140. **Rhembus laevigatus**, n. sp.

R. polito affinis et similis, sed certe differt thoracis angulis obtusis (apice rotundatis). Caput laeve (absque rugulis), labro et epistomate similiter emarginatis. Thorax laevior, linea dorsali minus impressa. Elytrorum striae minutissime punctulatae, interstitio angusto 9.no cum margine fere laevi nitido, nec sicut in affinibus ruguloso opaco. Subtus fere laevis, lateribus haud coriaceo-rugulosis, sed sericeo-nitentibus. — Long. 15 millim. σ.

Kawkareet in Tenasserim. One example only.

141. **Rhembus impressus**, Fabr., Ent. Syst., Supplem., p. 57: Dej. Sp. Gén., II, p. 383.

Palon (Pegu).

The only Eastern species hitherto described in which the scutellar striole is wanting, as in the North American *Rhembi* and in *R. Aegyptiacus.* The small head gives it a distinctive facies. Dejean gives the length as 9 $^1/_2$ lines (circa 21 millim.). The single specimen from Palon measures 19 millim. and I have examined a σ from Assam which reaches the same length as that of Dejean.

142. **Rhembus colossus**, n. sp.

R. impresso proxime affinis sed multo major, palpis apice late truncatis etc. Elongatus, elytris lateribus sat rotundatis, niger nitidus, minutissime discrete punctulatus. Caput relative parvum, foveis frontalibus latis, elongatis, vagis; epistomate apice mediocriter et late arcuato-emarginato; labro parum profunde et triangulariter emarginato. Palpi articulo apicali (φ) maxillaribus rectilineo apiceque recte truncato, labialibus fortiter dilatato (haud compresso) apice truncato. Antennae comparate breves. Elytra oblongo-ovata, convexa, striata (striis haud distincte punctulatis) interstitiis paullulum convexis. Thorax quam in *R. impresso* brevior, paullo transversus, elytris multo angustior, paullo ante medium leviter rotundatus ante medium curvatim, post medium sinuatim et minus, angustatus, angulis posticis subrectis sed apice rotundatis, foveis basalibus magnis fundo breviter sulcatis. — Long. 27 millim. ♀.

Palon (Pegu). A single ♀ example.

May be an unusually large example of *R. impressus*, but the remarkably different and shallower emargination of the labrum and epistome leaves one no alternative but to consider it a perfectly distinct species, in the absence of transitional varieties.

143. **Rhembus latifrons**, Dej., Sp. Gén., V, p. 679.

Palon.

A single male specimen, agreeing with another of the same sex with which I have compared it from North India. Both differ from Dejean's description as regards the great size of the head in comparison with the thorax. His example, however, was a ♀, and the large head is probably only a sexual character.

Subfamily **ANISODACTYLINAE**.

144. **Gnathaphanus vulneripennis**, Macleay, Annulosa javanica, p. 20; Hope, Coleop. Manual, III, tab. 2, fig. 2 *a-c*; Chaudoir, Ann. Mus. Civ. Genova XII, p. 508; *Harpalus subcostatus*, Dej., Sp. Gén. IV, p. 261; *Platymetopus melanarius*, Boh., Eugenies Resa, Ins., p. 10.

Bhamò; Karin Asciuii Chebà. alt. 1200-1300 m.

Widely distributed in S. E. Asia; Dacca, Annam, South China, Philippines, Borneo.

145. **Gnathaphanus Philippensis**, Chevrolat, Rev. et Mag., Zool. 1841, p. 221: (*Amblygnathus*); Chaud., Ann. Mus. Civ. Gen., XII, p. 511.

Rangoon.

A single ♂ example, agreeing with one from the Philippines with which I have compared it. In the ♀ the head is larger and remarkably exserted. The dorsal foveae of the elytra, in both sexes, are limited to the third interstice and are small and inconspicuous. In the ♂ the elytral interstices are nearly equal in width near the apex, in the ♀ they are alternately broader and narrower, as in *G. vulneripennis* ♂ ♀. The basal joint of the antennae is red.

146. Gnathaphanus dispellens, Walker, Ann. and Mag. Nat. Hist. (3) III, 1859, p. 51 (*Harpalus*) ; *Anisodactylus dispellens,* Bates, ibid. (5) XVII, p. 75.

Rangoon ; Kawkareet (Tenasserim) ; Karin Asciuii Chebà, alt. 1200-1300 m. ; Bhamò.

A widely-distributed species in South Eastern Asia and its islands. Examples from Sumatra have been communicated to me by M. Ritsema, on the authority of M. René Oberthür, as the *Trichoglottus punctilabris* of Mac Leay (*Harpalus,* id., Annulosa Javan., p. 20), to which M. Chaudoir apparently gave the generic name *Trichoglottus* the characters of which he did not live to publish. But the species has all the essential characters of the genus *Gnathaphanus,* MacL. as defined by Chaudoir ; I believe the *Harpalus punctilabris* (MacL.) to be a superficially very similar species of the true *Harpalinae* closely allied to *Platymetopus* and of similar wide distribution, including Java.

147. Gnathaphanus acutipennis, n. sp.

G. dispellenti simillimus, sed differt *inter alia*, thoracis angulis posticis omnino rotundatis, elytrisque apice sinuatis versus suturam (♂♀) acutis, nec obtuse conjunctim rotundatis. Elongato-oblongus, aenescenti-niger subnitidus, antennis palpisque rufo-testaceis. Caput post oculos gradatim (in *G. dispellens* cito) angustatum convexum, politum, sutura frontali utrinque apud foveam frontalem terminata. Mandibulae robustae, apice latae truncatae. Labrum 6-porosum. Thorax elytris angustior, transversim quadratus lateribus mediocriter curvatis, postice leviter angustatus, angulis posticis omnino rotundatis ; postice utrinque subtiliter punctulatus. Elytra oblonga vix ovata, striata, interstitiis ♀ planis ♂ paullulum convexis, apice et marginibus punctulatis 3.[io] et 5.[to] seriatim (juxta strias) punctatis — Long. 13 millim. ♂♀.

Rangoon ; Mandalay ; Toungoo.

148. Gnathaphanus exaratus, n. sp. •

G. melanario, Dej. quoad capitis formam haud dilatatam similis, oculis prominentibus postice perparum genis cinctis; sed valde differt thorace minore basin versus angustatus etc. Niger nitidus, palpis (basi piceis exceptis) rufis. Caput ante oculos haud abbreviatum, laeve, foveis frontalibus profundis striolaque utrinque a fovea usque ad oculi marginem distincta. Thorax comparate parvus, transversus, antice rotundato-dilatatus, postice angustatus, angulis posticis distinctissimis haud vero rectis, basi utrinque depresso punctulato ibique margine elevato. Elytra convexa, profunde striata, striis vix punctulatis, interstitiis mediocriter convexis laevibus passim inter se aequalibus, $3.^{\text{to}}$-$5.^{\text{to}}$ et $7.^{\text{mo}}$ versus apicem seriato-punctatis. Mentum dente haud perspicuo. — Long. 11 millim.

Karin Chebà alt. 900-1100 m.

149. Gnathaphanus rufitactor, n. sp.

G. exarato (Bates) proxime affinis, elytrorum interstitiis planioribus, palpis et antennis rufo-testaceis. Niger nitidus paullulum aenescens. Caput antice haud abbreviatum nec dilatatum, oculis prominentibus, sutura frontali profunda oblique utrinque usque ad oculi marginem ducta. Thorax transverso quadratus, antice rotundatus, post medium angustatus, angulis posticis distinctissimis haud vero rectis, foveis basalibus latissimis punctulatis. Elytra mediocriter convexa et apice sinuata, striata, striis subpunctulatis, interstitiis fere planis $3.^{\text{lo}}$ seriatim pluripunctato, $5.^{\text{to}}$ et $7.^{\text{mo}}$ versus apicem 1-2 punctatis. Mentum edentatum. — Long. 8 $^1/_2$-9 millim. ♂ ♀.

Bhamò.

150. Lamprophonus lucens, Bates, Ann. Mus. Civ. Genova (2), VII. p. 102.

Teinzò; Meetan (Tenasserim).

Subfamily HARPALINAE.

151. Platymetopus punctulicollis, Bates, Ann. Soc. Ent. Fr., 1889, p. 269.

Bhamò; Rangoon; Teinzò; Karin Chebà alt. 900-1100 m.; Malewoon (Tenasserim).

The species is closely-allied to *P. vestitus* and *P. Thunbergi*, (Dej.). In the description above-cited I omitted (owing to the specimens being in great part abraded) to mention the pubescence of the upper surface, which is similar to that of *P. vestitus* and the allied species.

152. Platymetopus amoenus, Dej., Sp. Gén. IV, 73.

Rangoon; Prome; Bhamò; Karin Chebà 900-1100 m.; Palon (Pegu); Kawkareet (Tenasserim).

Dejean describes the species as from Java. The examples from the above-named localities all agree with his description in form and sculpture and also in the antennae being " testaceous-yellow"; sometimes, however, there is a tendency to the joints 3-11 becoming a little darker in colour than the base; in Hindustan the same joints are still darker and sometimes black, the hind angles of the thorax also being a little more decidedly rectangular.

153. Platymetopus indochinensis, Bates, Ann. Soc. Ent. Fr., 1889, p. 270.

Rangoon. Also Cochin China.

154. Platymetopus longulus, n. sp.

P. amoeno similis, sed magis elongatus et depressus. Aurichalceus nitidus, partibus oris rufo-testaceis, palpis antennis pedibusque pallidioribus. Thorax postice magis angustatus, angulis posticis rotundatis; similiter punctatus. Elytra longiora, striata, interstitiis omnino planis et sat confertim punctulatis, 3.^{lo}, 5.to et 7.mo poris seriatis minoribus; apice minus profunde sinuata. Epistoma antice fortiter arcuatum. — Long. 9 millim. ♀.

Mandalay. One example only.

155. Platymetopus (?) erebius, n. sp.

Elongato-oblongus, niger nitidus elytris subopacis dense ac minute punctulatis, pubescentibus, antennis palpis et tarsis piceis. Caput laeve, glabrum, epistomate antice arcuato, foveis frontalibus impressis, extus versus oculi marginem ramum emittentibus. Labrum interdum rufum. Thorax quadratus lateribus rotundatis, a medio usque ad basin modice angustatus, angulis posticis obtusissimis fere rotundatis; laevis, basi utrinque lato depresso et ruguloso-punctulato. Elytra comparate longa, apice mediocriter oblique sinuata, acute vix punctulatim striata (striola scutellari elongata), interstitiis paullulum convexis minute et dense punctulatis, pube subtili et brevi incumbenti indutis, 3.^{io} et 5.to versus apicem parum conspicue seriato-punctatis, 9.no grosse foveato. Mentum medio sinu breviter undulatum haud vero dentatum. — Long. 11 $^1/_2$ millim. ♂ ♀.

Rangoon; Prome; Minhla; Palon (Pegu).

156. Platymetopus (?) edentatus, n. sp.

P. erebio differt tantum mento omnino edentato fundo arcuato, antennis palpis pedibusque rufo-testaceis. -- Long. 10 $^1/_2$ - 11 millim. ♂ ♀.

Karin, Asciuii Ghecù alt. 1400-1500 m.; Bhamò; Palon and Tikekee (Pegu). Also Khasia Hills.

157. Platymetopus (?) sublaevis, n. sp.

P. erebio (Bates) affinissimus, differt tantum elytris apice et lateribus exceptis sparsius et minus acute punctulatis, nitidis, interstitiis planioribus 3.^{io}, 5.to et 7.mo distinctissimè pluripunctatis. Pedes variant, nigropicei et rufi; antennae palpi et labro plerumque rufo-testacea. — Long. 11 mill.

Rangoon; Palon (Pegu).

Probably like the preceding, only a modification of *P. erebius,* but the distinct triangular though small tooth in the emargination of the mentum may be a specific character, and I have seen numerous examples from the neighbourhood of Bangkok (Siam) without any admixture of the more densely punctured form.

158. Platymetopus (?) grandiceps, n. sp.

P. (?) *semilaevi* affinissimus, sed multo major, capite comparate majori et post oculos latiori. Nigerrimus, nitidus, elytris sicut in *P. sublaevi* antice sparsim, postice dense, punctulatis, palpis apice antennisque partim piceo-rufis. Thorax haud diversus. Elytra profundius striata, interstitiisque convexioribus 3.^{io}, 5.to et 7.mo minus conspicue seriato-punctatis. Mentum fundo medio leviter prominenti haud vero dentatum. — Long. 14-15 millim. ♀.

Karin Asciuii Chebà 1200-1300 m.

Two female examples only, compared in the above description with individuals of the same sex of *P. semilaevis.*

The four preceding with another more widely-distributed species in S. Eastern Asia ([1]), form a group somewhat distinct from the more typical *Platymetopi* in their elongate form (resembling the larger *Ophoni*) and the finer and more smoothly recumbent pubescence. The presence of a small but distinct

---

([1]) **Platymetopus (?) gnathaphanoides**, n. sp. (? = *Harpalus punctilabris*, Mac Leay, Annulosa Javanica, p. 20). *P. erebto* paullo major et multo latior, minus elongatus, oblongus, niger sericeo-subopacus, palpis apice, antennis dimidio apicali plus minusve et plerumque labri margine antico, scapoque apice, obscure rufis. Labrum antice conspicue 6-punctatum. Epistoma antice sat fortiter arcuatum, sutura frontali utrinque angulata et usque ad oculi marginem continuata. Thorax transversus, antice leviter rotundatus, postice paullo magis quam antice angustatus, angulis posticis obtusissimis, basi utrinque vix perspicue punctulatus. Elytra subpunctulatim sat profunde striata, interstitiis paullo convexis 3.^{io}, 5.^{io} et 7.mo (praecipue juxta strias) seriato-porosis; apice plus minusve profunde oblique sinuata, prope suturam conjunctim subacute rotundata. Mentum edentatum. Ligula et mandibulae omnino sicut in *P.* (?) *sublaevi*. ♂ tarsi 4 antici anguste dilatati, plantis lateribus longe pilosis medio transverse squamulatis. — Long. 12 ½-13 millim. ♂ ♀.

Assam; Penang; Perak; Java (coll. Bates).

This species corresponds with the short and very insufficient description of Mac Leay rather better than does *Gnathaphanus dispellens*, which it appears that Chaudoir determined as the *Harpalus punctilabris* of the Annulosa Javanica. It may be, however that *P.* (?) *gnathaphanoides* is really the species on which he intended to found his genus *Trichoglottus.*

tooth in the emargination of the mentum is of little systematic importance, as some typical *Platymetopi* e. g. *P. corrosus* (Bates) have a precisely similar tooth, the simple emargination therefore, usual given as distinctive of *Platymetopus* is not constant; a more constant character of *Platymetopus* is the arcuated emargination of the epistome,. which, together with the facies and the prevalence of a short and depressed forehead, seems to distinguish the genus effectively from *Hypolithus*. The ligula, narrow and porrected, and shorter than the much broader paraglossae, is the same in *Platymetopus corrosus* and *P.* (?) *semilaevis* and allies.· *Siapelus* (Murray) is distinguished by its extremely short almost hidden ligula and paraglossae. The mandibles in *P.* (?) *semilaevis* are asymmetrical; both very broad from the base to beyond the middle but the sinistral much more abruptly narrowed and more strongly curved at the apex than the dextral.

159. Platymetopus (?) amariformis, n. sp.

Oblongus, fusco-aeneus nitidus, palpis antennis et pedibus rufo-testaceis. Caput laeve nec dilatatum nec depressum, epistomate antice perparum arcuato, foveis frontalibus breviter extus curvatis. Thorax valde transversus, antice convexus, rotundatus, postice subcurvatim leviter angustatus, angulis posticis breviter exstantibus ex quo angulis haud obtusis, toto basi rugoso-punctulatus margine laterali rufescenti. Elytra oblonga, apice minus oblique sinuata, striata, interstitiis (3-externis prope apicem punctulatis exceptis) laevissimis, planis, 3.^{io}, 5.to et 7.mo uniseriato-punctatis. Tarsi supra glabri, posticis gracilibus art. 1.mo elongato. Mentum edentatum sed fundo medio paullo prominenti. ♂. Tarsi 4 antici parum dilatatis articulis quatuor subtus albo-squamulatis. — Long. 7 $^1/_2$ millim.

Toungoo ; Kawkareet (Tenasserim).

The head is small and presents none of the peculiarities of the typical *Platymetopi*.

160. Amblystomus magnus, n. sp.

Hispalis flavipes, Motsch , Etud. Ent., 1858, p. 24 ?

A. mauritanico (Dej.) similis, sed multo major epistomateque latius et multo minus profunde arcuatim emarginato etc. Viridescenti-niger sericeo-nitidus, antennis articulis 1-2, palpis apice, pedibusque rufo-testaceis. Caput latum, ante oculos breve, obtusum. Thorax capite parum latior, valde transversus, postice paullo magis quam antice angustatus, lateribus (praecipue antice) rotundatis, angulis posticis rotundatis vix distinctis. Elytra oblonga, versus apicem perparum ampliata, apice valde obtusa fere truncata, sinuata; sat acute striata, interstitiis fere planis, 3.^{io} juxta striam 2.^{ndam} prope apicem unipunctato. — Long. 7 millim.

Rangoon; Mandalay.

Agrees fairly well as to form and colour of the legs and antennae with the description of *A. flavipes*, Motsch., but the colours of the upper and under surface of the body are quite different.

161. Amblystomus femoralis, Motsch. Etud. Ent., 1858, p. 24 (*Hispalis*, id.).

Rangoon; Palon (Pegu).

Very similar to *A. magnus*, but smaller and more slender, the head and thorax especially being narrower, and differing constantly in the tibiae and tarsi being pale testaceous the femora alone brassy-brown. The exterior striae (6-7) are sometimes nearly obsolete. In these characters it fits very well the brief description given by Motschulsky of his *A. femoralis*. The species comes exceedingly close to *A. metallescens* Dej. The length is $3\frac{1}{2}-4\frac{1}{2}$ millim.

162. Amblystomus fuscescens, Motsch., Etud. Ent., 1858, p. 23. Bhamò.

Motschulsky gives Burma as the locality of the species, our examples agree fairly well with his description, if we may allow two misprints in the phrase " la base des antennes et des (les?) cuisses testacée(s?) " a not unreasonable allowance as his diagnosis says " Corpore subtus, ore, palpis pedibusque plus minusve testaceis. " The length is 4 millim.

163. Amblystomus punctatus, n. sp.

Oblongus, cupreo-aeneus nitidus, toto sparsim subtiliter punctulatus, thorace quoque ruguloso; antennis articulo basali, palpis apice tibiisque flavo-testaceis. Caput magnum haud vero conspicue abbreviatum, epistomate profunde arcuatim emarginato, haud perspicue asymmetrico; mandibulae normales. Thorax minus transversus, antice perparum rotundatus, deinde usque ad basin angustatus, angulis posticis obsoletis. Elytra striata, striis versus suturam profundis. — Long. 4 mill.

Mandalay.

There is one example only of this well-marked species. In its punctuation it resembles, according to the description, *A.* (*Megaristerus*) *mandibularis,* Nietner.

164. Amblystomus tetrastigma, n. sp.

Ab *A. vulnerato,* Dej., differt tantum elytris utrinque maculis duabus fulvo-rufis.

Bhamò; Teinzò; Rangoon; Palon (Pegu).

An elongate oblong species 4-5 $\frac{1}{2}$ millim. long (2 $\frac{1}{2}$ lignes, Dej.) dark brassy-black, the basal joint of the antennae, palpi and legs reddish-testaceous. The head is moderately large, the left mandible exserted and overlapping the apex of the sinistral, the epistome asymmetrically sinuate-emarginated. The thorax is broad and short (but varying a little in width) strongly rounded on the sides from the apical angle to the base, the hind angles being scarcely indicated. The elytral striae are more feebly impressed towards the sides, the posterior spot lies on interstices 3 to 6 (sometimes confined to 4-5), the anterior spot on interstices 5-6. I can detect no difference in form or sculpture between this and Indian examples of *A. vulneratus,* Dej.; it seems therefore highly probable that it is a variety having a sub-basal red spot in addition to the subapical one. In some examples the red spots are very faint, the anterior less defined than the posterior.

The species does not differ from *A. femoralis* except in the unicolorous legs and the spotted elytra and individuals exist in which the femora are a little fuscescent.

165. **Amblystomus vulneratus**, Dej., Sp. Gén., V, p. 852 (*Acupalpus*, id.).

Rangoon.

One example (4 $\frac{1}{4}$ millim.) differing in no respect from Indian specimens of *A. vulneratus*, except the smaller size and rather narrower thorax.

166. **Amblystomus indicus**, Nietner, Ann. et Mag. N. H. (3) II, p. 428 (1858) (*Megaristerus* id.); = *A. quadriguttatus*, Motsch. Etud. Ent., 1858, p. 24 (*Hispalis*, id.).

Palon (Pegu). Also Ceylon and Bengal.

Two examples agreeing well with Nietner's description and with examples from Bengal. The sinuation of the epistome is strongly asymmetrical and distorted. The anterior yellow spot of the elytra is, as Nietner states, oblique; it is much larger than in any examples of *A. tetrastigma* that I have seen and extends over interstices 4-7, the posterior spot is also large; the femora are dark brown, tibiae and tarsi and two basal joints of the antennae pale testaceous. The lateral striae of the elytra are obliterated. — Long. 3 $\frac{1}{2}$ millim.

167. **Amblystomus guttatus**, Bates, Trans. Ent. Soc., 1873, p. 327.

Palon (Pegu); Rangoon; Bhamò.

I can detect no difference between the three specimens from Burma and others from Fu-chau in China, the locality of the original examples of this species, except that the anterior elytral spot is a little oblique instead of being small and round like the posterior spot. The species (?) cannot be much more than a variety of *A. indicus*, little difference being perceptible except the wholly pale testaceous legs. The Palon examples have the first two basal joints of the antennae pale testaceous like *A. indicus*, in the Chinese *A. guttatus* the second joint is blackish brown like 3-11. In some examples the head is small and the epistome simply arcuated without asymmetry; this appears not to be a sexual difference as it is noticeable in both sexes. — Long. 3 $\frac{1}{4}$-4 $\frac{1}{2}$ millim.

Ophoniscus, nov. gen.

Gen. *Ophono* proxime affinis. Differt: (1) capite breviori, oculis valde prominentibus, sutura frontali subtili utrinque angulata et usque ad oculi marginem extensa, (2) capite thoracisque disco laevissimis; (3) mentum sinu edentato, fundo recte truncato. Supra capite lateribus thoraceque antice sparsim punctatis hoc basi toto late punctato, elytris crebre sed discrete punctatis et brevissime pubescentibus, interstitiis 3.^{lo} 5.to et 7.mo versus apicem poris plus minusve numerosis seriatis. Ligula sat angusta apice truncata libera, paraglossis haud longioribus. Palpi art. apicali gracile fusiformi apice gradatim acuminato; labialibus art. penultimo plurisetoso. Tarsi supra pilosi; postici graciles art. 1.mo elongato; 4 antici, ♂, articulis 1-4 sat elongato- cordatis, plantis biseriato squamulatis.

It is probable that some of the *Ophoni* of the Mediterranean region belong to this, or a nearly-allied genus. The punctuation is strong and separate as in *Ophonus* and not minute and subrugose as in *Arthrostictus* (Bates) which genus is distinguished from *Hypolithus* only by the absence of tooth in the emargination of the mentum.

168. Ophoniscus iridulus, n. sp.

Oblongus lateribus parallelis, fuscescenti- niger, nitidus, elytris subiridescentibus, tenuiter pubescentibus, palpis antennis et pedibus rufotestaceis. Caput ante oculos abbreviatum, lateribus sparsim sat grosse punctatum. Thorax quadratus minus transversus, ante medium (latitudine elytris aequali) leviter rotundatus, deinde usque ad basin gradatim paullo angustatus, angulis posticis fere rectis (ad apicem rotundatis) margine laterali rufescenti; disco late laevi polito, antice et marginibus sparsim basi densius punctatus. Elytra profunde striata, interstitiis sat dense (versus basin paullo magis discrete) punctulatis, 3.^{lo} 5.to et 7.mo seriato-punctatis; apice sat profunde sinuata. — Long. 9-10 millim. ♂ ♀.

Karin Asciuii Ghecù 1400-1500 m.: Palon (Pegu).

169. Ophoniscus cribrifrons, n. sp.

O. iridulo (Bates) minor, piceo-niger, aeneo- vel cyaneo-tinctus, elytris subiridescentibus; palpis, antennis et pedibus testaceo-rufis. Caput toto grosse sparsim punctatum. Thorax brevior, cordato-quadratus, paullo transversus, toto discrete (disco multo sparsius) punctatus, angulis posticis fere rectis (apice haud rotundatis) margineque laterali rufescenti. Elytra subparallela, pubescentia sed nitida, iridescentia, acute striata, interstitiis planis discrete'et conspicue punctulatis, 3.^{io} 5.to et 7.mo prope strias seriatim punctatis; apice oblique parum sinuata. — Long. 8 millim. ♂ ♀.

Bhamò.

170. Ophoniscus hypolithoides, n. sp.

O. cribrifronti (Bates) omnino congruit et forsan ejus varietas, sed elytris densius et subtilius punctulatis; paullo magis elongatus. — Long. 8 $^{1}/_{2}$-9 millim. ♂ ♀.

Kawkareet (Tenasserim).

171. Hypolithus subtilis, n. sp.

Sat anguste oblongo-ovatus, niger nitidus, elytris iridescentibus, pubescentibus, palpis antennis pedibusque flavo-testaceis. Caput subtilissime punctulatum, foveis frontalibus vix impressis. Thorax antice elytris haud angustior, transversus, postice longius quam antice angustatus, lateribus arcuatis, angulis posticis fere omnino rotundatis; toto minutissime (basi utrinque densius) punctulatus, margine laterali rufescenti. Elytra acute striata, apice oblique paullo sinuata, interstitiis subtilissime ruguloso-punctulatis, 3.^{io} 5.to et 7.mo prope strias seriato-punctatis. — Long. 7 $^{1}/_{2}$-8 $^{1}/_{2}$ millim. ♂ ♀.

Bhamò.

Allied to *H. cyaneotinctus* (Bates, Ann. Soc. Ent. Fr. 1889, p. 269) but smaller, relatively narrower and much more finely punctate.

172. Hypolithus (subg. n. *Coleolissus*) **lamprotus**, n. sp.

Oblongo-ovatus, glaber, niger politissimus, elytris iridescentibus, partibus oris antennis et pedibus rufo-testaceis. Mandibulae subrectae porrectae, foveis frontalibus vage impressis extus utrinque linea impressa tenui versus oculum emittenti. Thorax elytris angustior ♀, lateribus arcuatis angulis posticis subobtusis, ♂ postice subsinuatim angustatus angulis rectis; supra laevis, basi toto subtiliter ruguloso-punctulato, marginibus lateralibus explanato-reflexis, postice latioribus, basique versus angulos late depresso. Elytra politissima, valde striata, interstitiis paullo convexis, 3.^{io} versus apicem punctis minutis duobus vel tribus. Palpi articulo apicali, ♀ gracile fusiformi; ♂ labialibus sat late ovato. — Long. 7 $^1/_2$-8 $^1/_2$ millim. ♂ ♀.

Teinzò; Karin Ghecù, alt. 1300-1400 m.; Karin Chebà, alt. 900-1100 m.; Bhamò.

Two males and three females. The ♂ is so different in the form of the thorax that I was at first inclined to consider it a distinct species, but the hind angles appear to vary considerably in this species. Although the mentum has a prominent tooth in the emargination and the elytra are seriate-punctate (but on the 3.rd interstice only), the species appears to me sufficiently distinct to form a genus separate from *Hypolithus*. There are other glabrous species, however, described as *Hypolithi* and I hesitate to formulate new genera until the whole of them have been carefully studied. *H. perlucens* (Bates) from Kashmir, is the only described one I know belonging to the group which I now propose under the name of *Coleolissus*.

173. Hypolithus (*Coleolissus*) bicoloripes, n. sp.

H. lamproto affinissimus; major, thorace latius rotundato angulisque posticis rotundatis, tibiis tarsisque piceo-rufis. Caerulescenti-niger politissimus, elytris laetissime opalescentibus, antennis palpis femoribusque rufis. Thorax elytris haud angustior, lateribus arcuatis, basi toto, lateribus et apice, dense punctulatis, disco tantum laevi. Elytra profundius striata, interstitiis convexis, 3.^{io} punctulis seriatis 7-8. — Long. 10 millim. ♀.

Karin Chebà, alt. 900-1100 m.; Palon (Pegu).

174. Hypolithus (*Coleolissus*) **viridellus**, n. sp.

H. lamproto ♂ valde affinis, sed angustior praecipue elytris magis elongatis, saturate viridi aeneis, minus opalescentibus, palpisque labialibus articulo apicali minus ovato etsi quam maxillarium articulo apicali paullo robustiori, truncato. Anguste oblongus; aenescenti-niger politus, partibus oris, antennis, pedibus, thoracis margine explanato laterali elytrorumque epipleuris rufo-testaceis. Thorax elytris angustior, post medium valde angustatus, angulis posticis obtusis etsi distinctis, subtilissime sparsim basi toto late densius punctulatus. Elytra acute striata, interstitiis subtilissime vix perspicue (sublente) punctulatis, 3.^{io} juxta striam 2.^{dam} usque ad basin seriatim remote punctulato. ♂ Tarsi antici 4 articulis quattuor sicut in *Hypolithis* modice dilatatis, elongato oblongo-triangularibus. — Long. 8 millim. ♂.

Shwegoo. Three examples, all males.

175. Hypolithus (*Coleolissus*) **eulamprus**, n. sp.

Major, nigerrimus, elytris splendidissime iridescentibus, palpis antennis tarsisque apice obscure rufis. Foveae frontales latae; extus linea impressa obliqua, tenuissima. Thorax latus, transversus, lateribus arcuatis, angulis anticis porrectis, posticis obtusis fere rotundatis; margine laterali (postice late) explanato-reflexo et punctulato, basi late punctulato utrinque concavo; disco laevi. Elytra elongata, late oblonga, apice oblique sat profunde sinuata, acute striata, interstitiis fere planis, 3.^{io} usque ad basin remote seriato-punctato: pectore lateribus punctulatis. Palpi praecipue labialibus apice (♀) truncati.

♂? angustius oblongus, pectore lateribus vix perspicue punctulatis; palpi sicut in ♀. — Long. 13 millim. ♂ ♀.

Palon (Pegu). Two, female, examples. Kawkareet (Tenasserim). One male.

Harpaliscus, nov. gen.

G. Harpalo affinis et similis. Differt: — (1) Sutura frontali utrinque angulata et usque ad oculi marginem continuata;

(2) Tarsis (σ) 4 anticis haud conspicue dilatatis, articulis 1-4 angulis rotundatis, 4.to emarginato, plantis (intermediorum duobus tantum) squamulis albis biseriatim vestitis; (3) Elytris interstitio 3.^{io} toto seriato-punctato. Mentum sinu dentato, lobisque intus divergentibus. Mandibulae apice obtuse truncatae. Ligula elongato-oblonga, apice truncata, longe bisetosa et libera, paraglossis paullo longioribus et latioribus. Palpi articulo apicali fusiformi, gradatim acuminato, vix truncatulo, labialibus art. penultimo plurisetoso. Oculi prominentes. Thorax transversim quadratus, angulis posticis rectis. Corpus glabrum, nitidum. Tarsi supra glabri, posteriores graciles art. 1.mo 1-2 longitudine aequali.

176. Harpaliscus Birmanicus, n. sp.

Sat breviter oblongus, nitidus, subaenescenti-niger, palpis antennis pedibusque rufo-testaceis. Thorax valde transversus, antice mox ab angulis rotundatus, versus basin leviter sinuato-angustatus, angulis posticis rectis, margine basali tenuiter marginato, basi supra utrinque late depresso et subtiliter punctulato-rugoso. Elytra acute striata, interstitiis planis politis, prope apicem punctulatis, 3.^{io} juxta striam 2.^{dam} per totam longitudinem uniseriatim punctato: apice parum sinuata. — Long. 8-9 millim. σ φ.

Karin Asciuii Chebà 1200-1300 m.; Asciuii Ghecù 1400-1500 m.; Teinzò; Shwegoo.

177. Harpalus (?) Karennius, n. sp.

H. serripedi (Dufts.) quoad formam similis, adhuc brevior; niger nitidus, antennis palpis et tarsis picescenti-rufis. Caput breve, convexum, laeve, epistomate antice arcuato, sutura frontali et foveis profundis, striaque utrinque tenui oblique versus oculi marginem ducta. Thorax transversus, antice elytris vix angustior, lateribus mediocriter arcuatis; postice longius quam antice et perparum angustatus, angulis posticis obtusis; convexus disco antico laevi, marginibus et basi late ruguloso-punctulato, fovea utrinque basali grossius punctata. Elytra thorace haud duplo longiora, convexa, humeris subacutis, apice parum sinuatis, striatis, interstitiis laevibus, 2 vel 3 marginalibus vix perspicue sparsim punctulatis; parum convexis, 3.^{io} postice poro setifero unico. Tarsi supra glabri, posticis art. 1.mo quam 2-3 conjunctis longiori. — Long. 9, lat. elytr. 4 millim. ♀.

Karin Ghecù 1300-1400 m.

Two examples, females. The species is generically distinct from the restricted genus *Harpalus*, with which it agrees in the important characters of a single discoïdal elytral pore and in form and facies. It differs in the edentate mentum which has a further peculiarity in having a transverse depression immediately behind the site of the usual tooth which depression is quadripunctate, two of the punctures (at least) having tactile setae, like those at each basal angle of the mentum. The fine suture extending from the frontal foveae to the inner margin of the eye is also an important character which I do not find in any true *Harpalus*. Satisfactory generic characters cannot be drawn up without a knowledge of the ♂ and the form of the ligula.

178. Harpalus ?

Karin Asciuii Chebà. A single example, apparently belonging to this genus.

179. Trichotichnus Birmanicus, n. sp.

T. (*Harpalo*) *congruo* (Motsch. Harold) proxime affinis; differt inter *alia* thorace utrinque basi vix punctato. *Harpalo laevicolli* (Dufts.) similis; subaenescenti-niger, politus, partibus oris, antennis et pedibus rufo-testaceis. Caput laevissimum, sutura frontali acuta, utrinque oblique usque ad oculi marginem prolongata. Oculi mediocriter prominentes. Thorax paullo transversus, antice sat fortiter rotundatus, postice sinuatim et mediocriter angustatus, angulis posticis rectis, fovea utrinque basali parva parumpunctata (caetera laevis). Elytra oblongo-ovata, subopalescentia, apice oblique sinuata, acute striata, interstitiis paullo convexis, 3.^{io} paullo post medium unipunctato. — Long. 7 millim.

Karin Chebà, alt. 900-1100 m. Two examples.

Agrees, in all the characters found to be of generic value in the *Harpalinae*, with the genus *Trichotichnus*, Morawitz, founded on a large and handsome species from Japan. Besides *T. congruus*, Motsch., the following species belong to the genus: — *Harpalus leptopus* (Bates), *Iridessus amurensis*, von Heyden and other undescribed East Asian species. Conf. Bates, Tr. Ent. Soc. Lond., 1883, p. 237.

180. Harpalinae ?
Karin Chebà. A single example, indeterminable.

181. Harpalinae ?
Karin Asciuii Ghecù. A single example; genus at present indeterminable.

182. Harpalinae ?
Palon. One example; also of doubtful genus.

183. Harpalinae ?
Karin Ghecù. A single example; genus indeterminable.

184. Harpalinae ?
Karin Asciuii Ghecù. One example, also indeterminable.

185. Harpalinae ?
Karin Chebà. One example.

186. Harpalinae ?
Shwegoo. One example.

187. Pachytrachelus oblongus, Dejean, Sp. Gén., V, p. 813
(*Agonoderus,* id.); *Batoscelis oblongus*, Lacord. Gen. Col. 1, p. 261; *Batoscelis polita,* Schmidt-Goebel, Faun. Birm., t. II, f. 8 ?.

Rangoon ; Prome ; Minhla ; Palon (Pegu) ; Kawkareet (Tenasserim).

A widely-distributed species in South Eastern Asia, Madras, Siam, Malacca, Hong Kong, Philippines.

188. Liodaptus Birmanus, Bates, Ann. Mus. Civ. Gen., Ser. 2.ª, VII, p. 102.

Kathà; Teinzò; Bhamò; Mandalay.

189. Oxycentrus angustus, Bates, Trans. Ent. Soc., 1876, p. 3; Ann. Mus. Civ. Gen., Ser. 2.ª, VII, p. 103.

Bhamò; Teinzò; Rangoon.

190. Oxycentrus acutulus, n. sp.

O. angusti individuis minoribus similis, sed adhuc minor et differt thorace angulis posticis acutis, lateribus posticis fortius sinuatis, striola scutellari obsoleta, foveola tantum juxta striae 2.ndae basin; tibiisque anticis extus apice spinis tantum tribus validis. Angustus, castaneo-rufus, antennis, palpis, thorace margine laterali pedibusque pallidioribus. Thorax elongatus, basi sat dense punctulatus sine foveis, sulco dorsali prope basin profundiori. — Long. 7 millim.

Thagata in Tenasserim. One example only.

191. Oxycentrus omaseoides, n. sp.

Magnus, elongato-oblongus, niger nitidus, palpis apice (vel totis) antennisque piceo-rufis. Thorax mediocriter elongatus, quadratus, antice fortius angustatus, angulis anticis haud productis rotundatis, postice paullo angustatus nec sinuatus, angulis posticis paullo obtusis, basi utrinque late concavus punctato-rugosus, sulco dorsali prope basin profundius impresso. Elytra elongata parallela, apice sinuata, humeris rotundatis nec dentatis; fortiter striata, interstitiis paullo convexis, 3.io juxta striam 2.ndam punctulis minutis seriatis circiter 5: striola scutellari parva. Tibiae anticae extus apice curvatae 5-spinosae, subtus tota longitudine spinulosae. Palpi labiales articulo apicali ovatulo apice late subsinuatim truncato. — Long. 11-13 millim. ♂ ♀.

Rangoon, Palon (Pegu).

192. Oxycentrus sp. ?

Palon (Pegù). One example.

193. Oxycentrus sp. ?
Karin Chebà, 900-1100 m. One example.

Subfamily **STENOLOPHINAE**.

194. Anoplogenius rutilans, Bates, Ann. Mus. Civ. Genova, (2) VII, p. 103.
Kathà; Bhamò; Mandalay.
The 4.ᵗʰ joint of the four anterior tarsi in the ♂ is very deeply bilobed, the lobes long and narrow; in the ♀ the lobes are of moderate length.

195. Anoplogenius microgonus, Bates, Ann. and Mag. Nat. Hist. (5), Vol. XVII, p. 78.
Rangoon; Bhamò; Palon and Tikekee, in Pegu.
Occurs also in Siam and in Ceylon. In the description above-cited I have stated that the fourth joint of the four anterior tarsi is scarcely bilobed (the lobes are moderately developed in the anterior pair); on a careful examination of a large number of specimens I am now doubtful if they are not all females, the usual long ragged squamulae projecting from the soles not being distinctly perceptible in any of them.

196. Anoplogenius planicollis, n. sp.
A. procero (Schaum) similis sed major thoraceque breviori, transverso, versus angulos posticos deplanato. Oblongus, nigro-fuscus, elytris opalescentibus lateribus vage et obscure rufescentibus, thorace margine laterali flavo-testaceo, palpis antennis et pedibus testaceo-rufis. Epistoma angulis anticis acutis, utrinque juxta angulum incisione punctiformi notato. Thorax transverso-quadratus, lateraliter parum rotundatus margineque versus angulos valde obtusos posticos deplanato, fovea utrinque basali parum depressa rugoso-punctulata: sulculo antero-marginali profunde inciso, integro. Elytra oblonga, apice sinuata, acute striata, interstitiis planis. Tarsi 4 antici, ♂, articulo 4.ᵗᵒ longe et anguste bilobato, articulis 1-3 intermediis brevibus (2-3 brevioribus trian-

gularibus) anticis brevissimis (2-3 angulis acutissimis): ♀ articulo
4.to breviter bilobato, articulis 2-3 vix triangularibus sed brevibus.
Palpi apice sat late truncati. — Long. 10-11 millim. ♂ ♀.

Bhamò; Palon (Pegu).

197. Anoplogenius patinalis, n. sp.

A. alacri (Dej.) similis, sed differt thoracis angulis posticis
omnino rotundatis marginibusque prope angulos alte reflexis.
Nigro-fuscus nitidus, elytris subopalescentibus, thorace elytrisque
limbo laterali (interdum anguste) interstitiis 5-8 apice, capite
antice partibus oris antennis basi pedibusque fulvo-testaceis;
abdomine plus minusve fulvo-testaceo. Epistoma angulis anticis
(sicut in caeteris *Anoplogeniis*) prominulis. Thorax quam in
A. alacre angustior, supra prope angulos posticos concavus,
fovea utrinque basali profundiore fere laevi, sulculo antero-marginali profunde impresso integro. Elytra oblonga, apice vix sinuata, profunde striata, interstitiis parum convexis, 1-4 versus
apicem angustatis, 3.^{io} unipunctato. Palpi articulo apicali fere
cylindrico, perparum ovato, apice truncato. ♂ Tarsi 4 antici
articulo 4.to longe bilobato, anticis articulis 1-3 brevibus triangularibus. — Long. 8 millim. ♂.

Bhamò; Toungoo. Two male examples.

Probably nearest allied to *A. discophorus* (Chaud.) of Northern
India; but differing greatly in form of the thorax from that
implied by Chaudoir's too brief description. Instead of being
shorter and broader than in *A. alacer,* the thorax is much narrower and relatively longer and the sides are rounded to the
base with the margin gradually and greatly elevated. In *A. alacer* the hind angles are distinct, though obtuse, the margins but
little elevated and the basal area punctured.

198. Anoplogenius renitens, Bates, Ann. et Mag. Nat. Hist. (5) Vol. XVII, p. 79.

Mandalay; Toungoo; Rangoon; Shwegoo; Palon (Pegu).
Inhabits also Ceylon and Cambodia.

Small examples of this species (6 ½ millim.) agree in size

with Schmidt-Goebel's figure of *Loxoncus elevatus,* which he named but did not describe in the Faunula Birmanica. The absence of scutellar striole makes it extremely probable that *Loxoncus* is the same genus as *Anoplogenius* (Chaud.), but I have failed to detect in any of Signor Fea's specimens the peculiar one-sided lobe of the hind tarsi so conspicuously figured by Schmidt-Goebel; his species must therefore be one that remains to be re-discovered.

199. Anoplogenius (subg. n. *Hemiaulax*) dentipennis, n. sp.

A caeteris speciebus gen. *Anoplogenii* diffort striola scutellari elongata elytrisque apice profunde sinuatis angulis exterioribus dentiformibus. Magnus, nigro-fuscus, elytris subopalescentibus; palpis, antennis (articulis 1-2 pallidioribus) et pedibus rufotestaceis; thorace margine explanato laterali flavo-testaceo elytrisque epipleuris castaneis. Epistoma incisura punctiformi prope angulos anticos. Thorax sat brevis transversus, lateribus et angulis posticis rotundatis margineque explanato-reflexo; prope angulos posticos late concavus parum punctatus. Elytra comparate elongata, prope apicem utrinque late dentata et intra dentem profunde sinuata; valde striata interstitiis paullo convexis 3.^{io} unipunctato, striola inter strias 1-2 elongata. Palpi apice truncati. ♂ Tarsi 4 antici articulo 4.to elongato-bilobato (♀ breviter bilobato vel profunde emarginato) articulis 1-4 plantis elongatosquamulatis. — Long. 11 millim. ♂ ♀.

Palon (Pegu).

The peculiarities above described will render it difficult to retain this fine species, either in *Anoplogenius* or *Stenolophus* and if these two genera are to be maintained, a third genus must be established for the new species.

200. Stenolophus harpaloides, n. sp.

S. gonidio (Bates) affinis et simillimus sed certe differt corpore latius oblongo thoraceque valde transverso postice minime angustato. Facies *Harpali,* breviter oblongus nigro-fuscus, leviter aenescens, elytris opalescentibus, antennis articulis 1-2, palpis, pedibus margineque laterali thoracis flavo-testaceis. Epistoma angulis anticis dentiformibus productis. Thorax transverso-quadratus, postice perparum angustatus, lateribus antice minime rotundatis, angulis posticis rectis etsi apice rotundatis; margine laterali versus basin deplanato (sicut in *Anoplogenio planicolli*), fovea utrinque basali minus depressa, punctata. Elytra minus (quam in *S. gonidio*) profunde striata, striis prope apicem latioribus, interstitiis fere planis; lateribus posticis plerumque obscure rufescentibus. Palpi maxillares articulo apicali gradatim subacuminato apice brevissime truncato. — Long. 7 millim. ♀.

Rangoon; Mandalay. Three examples, unfortunately all females.

201. **Stenolophus gonidius**, Bates, Ann. Mus. Civ. di Genova, Ser. 2.ª, Vol. VII, p. 5.

To the description here cited it is necessary to add that the anterior angles of the epistome are (as in *S. harpaloides*) produced, dentiform and separated from the middle part of the front edge by a small emargination. The antero-marginal sulculus of the thorax is entirely obliterated as in the restricted genus *Stenolophus* generally: in *Anoplogenius* it is always entire and sharply incised and in many species followed by a shallower transverse line. The hind angles of the thorax are not constant, distinctly angular in the type specimens, in others they are very obtuse. The palpi are sharply acuminated.

202. **Stenolophus rectifrons**, n. sp.

S. gonidio (Bates) simillimus, sed differt epistomate antice recto vel leviter arcuato, palpisque articulo apicali minus attenuato apice paullulum obtuso. Ænescenti-niger politissimus, elytris opalescentibus, antennis articulis 1-2 (caeteris fuscis interdum rufis) palpis thoracisque margine laterali flavo-testaceis; pedibus saepe obscurius testaceis. Thorax paullo transversus postice angustatus, lateribus et angulis posticis rotundatis, margine laterali usque ultra angulum posticum paullo elevato, fovea utrinque laterali lata parum profunda, punctata. Elytra apice oblique sinuata, profunde (prope apicem latius) striata. ♂ Tarsi 4 antici articulis 1-3 sat fortiter dilatatis elongato-triangularibus, angulis rotundatis, art. 4.ᵗᵒ longe bilobato (in ♀ vix emarginato). — Long. 6 ¹/₂ - 7 ¹/₂ millim. ♂ ♀.

Teinzò; Rangoon; Karin Asciuii Chebà, alt. 1200-1300 m.; Palon (Pegu); Kawkareet (Tenasserim).

203. Stenolophus smaragdulus, Fab. Ent. Syst. Suppl., p. 60; Dej., Sp. Gen. IV, p. 418; *Egadroma*, id., Motsch., Bull. Mosc. 1864, 3, p. 201.

Karin Asciuii Chebà alt. 1200-1300 m.; Malewoon (Tenasserim).

The examples are similar to those from the Yang-tsze and Fu-chau. In Bengal, whence probably the insect described by Fabricius was obtained, individuals are found of smaller size and more bluish-green in colour; others from Bengal, Tranquebar and Ceylon are also of small size but of brassy-black or brown colour (= *transmutans*, Bates, Ann. N. H. (5) XVII, p. 80).

204. Stenolophus charis, n. sp.

S. 5-pustulato (Wiedm.) affinis et similis, sed longior, palpis articulo apicali graciliori apice truncato. Nigro-fuscus, elytris opalescentibus, apice minus sinuatis, macula magna humerali, limbo indefinito posteriori, apice et sutura, rufo-testaceis. Epistoma angulis anticis productis et intra angulum utrinque incisione punctiformi. Thorax quam in *S. 5-pustulato* postice magis angustato, sed angulis posticis plus minusve distinctis, prope angulos supra magis concavus et punctatus; margine laterali flavo-testaceo, sulculo antero-marginali medio late interrupto. Antennae fuscae, articulis 1-2 flavo-testaceis. — Long. 6 ¹/₂ millim. ♀.

Rangoon; Kathà. Two examples, females.

An individual from Bengal is more elongate (7 millim.) and the hind angles of the thorax are more obtuse, but the angles appear to vary considerably; they are not, however, so completely rounded as in *S. 5-pustulatus* and the surface near the angles remains deeply concave and strongly punctured, with reflexed lateral and apical margins; in S. 5-*pustulatus* the thorax is plane near the angles

205. **Stenolophus cyanellus**, Bates, Ann. Mus. Civ. Gen. (2), VII, p. 103.

Teinzò; Rangoon; Malewoon.

206. **Stenolophus 5-pustulatus**, Wiedeman.

Teinzò; Bhamò; Katha, Palon, Shwegoo; Karin Asciuii Chebà; Karin Chebà.

207. **Stenolophus**, sp.

M.ᵗ Mooleyit (Thagata 400-500 m. alt.). One example.

208. **Acupalpus annamensis**, Bates, Ann. Soc. Ent. Fr., 1889, p. 272.

Bhamò.

Closely allied to A. *meridianus* and resembling that and other species in the posterior disk of each elytron being black; but it differs from all in the form of the hind angles of the thorax which are distinct though obtuse, the margin near the angle being explanated and reflexed with the large fovea deeply-impressed and smooth. The head and the thorax are rufo-testaceous.

209. **Acupalpus sinuellus**, n. sp.

Quoad formam oblongam A. *flavicolli* (Sturm.) subsimilis, sed differt thorace quadrato-cordato, lateribus postice sinuatis et aliter coloratus. Castaneo-fuscus, politus subopalescens, supra marginibus pallidioribus, palpis articulis antennarum 1-2 pedibusque flavo-testaceis. Oculi valde prominentes. Thorax paullulum transversus, cordato-quadratus, postice sinuatim minusquam in A. *consputo* (Dufts.) angustatus, angulis posticis (cum margine) elevatis subrectis, fovea lata (vel tota basi utrinque) depressa punctata. Elytra valde striata, apice lata, obtuse sinuata. — Long. 4 millim.

Bhamò; Palon (Pegu).

210. Acupalpus ?

Teinzò. A single example, apparently immature.

211. Acupalpus ?

Kathà. A single example, probably of a genus allied to *Acupalpus*.

Subfamily PTEROSTICHINAE.

Group Cratocerini.

212. Brachidius corpulentus, Chaudoir, Essai Monogr. sur l. *Drimostomides* et *Cratocerides*, p. 20 (Ann. Soc. Ent. Belg. XV).

Bhamò; Karin Chebà, alt. 900-1100 m.

Described from a single example from Penang, by Chaudoir. I have seen examples from Penang, Perak, Singapore and South East Borneo. In size and outline of thorax they vary considerably and I doubt if his *B. corpulentus* differs specifically from his anteriorly described *B. crassicornis,* which, however, is from the distant locality of Timor.

Group Drimostomini.

213. Diceromerus orientalis, Motsch., Etud. Ent., 1859, p. 35 (*Stomonaxus,* id.); Chaud., Essai Monogr. etc. p. 15.

Bhamò.

Found throughout India and in Ceylon.

214. Stomonaxus striaticollis, Dej. Sp. Gen. V, 747 (*Drimostoma* id.). — *rufipes,* Boh. Eugen. Resa, Col., p. 19 (*Drimostoma*).

A widely-distributed species in South East Asia, extending to Southern Japan and found also in Senegal.

215. Stomonaxus dilaticollis, n. sp.

Brevis, thorace elytris latiori lateribusque posticis explanatis. Niger, nitidus, partibus oris, antennis et pedibus testaceo-fulvis. Caput laeve, sulcis frontalibus acute impressis, mandibulis latis, planatis, striatis, apice acutissime hamatis. Thorax mox ab apice rotundato-dilatatus, postice haud angustatus, angulis posticis paullulum obtusis. Elytra acute striata, striis haud punctatis. Tibiae anticae apice extus rotundato-dilatatae ibique 4 spinosae; tarsi (♀) articulis 1 et 2 utrinque apice dentatim productis: Tarsi postici graciles. — Long. 6 millim.

Karin Chebà, alt. 900-1100 m.

Unites the characters of the two genera *Stomonaxus* and *Dicero-merus* having the slender hind tarsi of the former and the prolon-ged angles of the first two joints of the anterior tarsi of the latter.

216. Stomonaxus inermis , n. sp.

S. striaticolli (Dej.) affinis et similis, sed differt (1) corpore brevius ovato, (2) tibiis anticis apice extus, sicut in *Drimostomis* inermibus, angulo apicali tantum unispinoso, (3) tarsis anticis ♀ articulis 1-3 apice intus acute productis, (4) elytrisque sulcatim striatis. Breviter ovatus, niger nitidus, antennis palpis et pedibus rufis, elytris usque ad apicem nigris. Caput sulcis frontalibus postice magis prolongatis et intus recurvatis. Thorax omnino sicut in *S. striaticolli*. Elytra brevia, convexa, concoloria, undique profunde exarato-striata, striis fundo punctulatis. Tarsi postici graciles. — Long. 5 1/2-6 millim. ♀.

Teinzò ; Thagata (Tenasserim).

Group Morionini.

217. Morio orientalis , Dej., Sp. Gén., I p. 432; Chaud., Essai Monogr. s. l. *Morionides* (1880), p. 22.

Bhamò; Karin Chebà alt. 900-1100 m.; Thagata (Tenasserim). Java (Chaudoir).

I have examined specimens, perfectly agreeing with Chau-doir's description from Sumatra, Borneo, Assam, India, Ceylon and the Andaman Islands.

218. Morio Luzonicus , Chaud., Bull. Mosc. 1852, 1, p. 81 ; id., Essai Monogr. s. l. *Morionides* (1880), p. 28.

Palon (Pegu).

One example agreeing well with an individual of this species taken in the Philippines by Cuming.

Group **Trigonotomini**.

219. Trigonotoma lamprodera, n. sp.

Quoad thoracis formam *T. indicae* (Brullé) similis. Elongata; caput et thorax cupreo-aurata splendida, elytris violascenti-nigris, palpis articulisque antennarum 5-11 obscure rufis. Caput minus angustum, oculis sat prominentibus post oculos transversim depressum, foveis frontalibus elongatis flexuosis postice sulculo obliquo segregatum; mandibulis intus supra regulariter transversim striatis. Thorax elongatus, subcordatus, antice usque post medium valde rotundatus, deinde sat fortiter sinuato-angustatus sed ante angulos rectificatus angulisque posticis rectis, margine laterali incrassato, postice reflexo; sulco utrinque basali mediocriter elongato, basi toto laevi. Elytra profunde crenulato-striata, striis versus latera et apicem latioribus striolaque scutellari elongata. Palpi, ♀, graciles, labialibus articulo apicali gradatim leviter dilatato apiceque oblique truncato. Subtus nigro-aenea, lateribus punctatis. Genae sub mandibularum basi valde triangulariter dilatatae. — Long. 23 millim. ♀.

Karin Chebà alt. 900-1100 m. Two female examples.

220. Trigonotoma igneicollis, n. sp.

T. lamproderae simillima: differt tantum (1) oculis parum prominentibus, (2) thorace ante medium magis angustato, basi utrinque rugoso-punctato, (3) elytris striis omnibus subaequalibus, interstitiis interioribus angustioribus, (4) mandibulis omnino laevibus. — Long. 23 millim. ♀.

Palon (Pegu). A single example ([1]).

([1]) The following closely allied species from the neighbouring region of Assam may be usefully described here:

Trigonotoma iodes. — Angustius oblongo-elongata. Caput et thorax splendide viridia elytris laete violaceis vel aeneo-violaceis. Caput sicut in *T. lamprodera* sed

221. Trigonotoma Bhamoensis, n. sp.

T. Lewisii (Bates) var. *Bhamoensis,* Bates, Ann. Mus. Civ. Genova, Ser. 2.ᵃ, Vol. VII, p. 6.

Bhamò; Teinzò.

Having examined a larger series of this form I think it deserving of specific rank ; it is generally a larger insect than *T. Lewisii,* the head and thorax are bluish-green or brassy-green, the latter almost always much more widely dilated and a little more perceptibly sinuated just before the obtuse hind angles, the base being also much more punctured on each side. The sinistral mandible is feebly transverse-striated along the edge, as in *T. Lewisii* and *T. concinna* (Castelnau). Long. 17-20 millim.

222. Trigonotoma chrysites, n. sp.

T. Bhamoensi quoad formam simillima sed quoad colores *T. concinnae* similis, a qua differt thorace minus elongato-ovato et basi utrinque punctato. Mandibula sinistra intus transversim striata basique supra (sicut in *T. Lewisii*) grossius striata. Caput et thorace splendide aurato-cuprea, hoc lateribus late rotundato, ante basin leviter sinuato sed angulis (elevatis) obtusis, basi utrinque fere usque ad lineam dorsalem punctato. Elytra purpurascenti-nigra, profunde crenulato-striata, interstitiis subaequalibus. — Long. 18-20 millim. ♂ ♀.

Karin Chebà, alt. 900-1100 m.

223. Trigonotoma nitidicollis, Chaud. Ann. Soc. Ent. Belg. XI, p. 160.

Palon (Pegu).

Rather smaller (21-22 millim.) than the unique example described by Chaudoir (24 millim.) from Cochin China. The two

mandibulis omnino laevibus. Thorax medio fortiter rotundatus, postice paullo magis quam antice angustatus, lateribus prope angulos posticos leviter sinuatis, sed angulis posticis obtusis etsi distinctis, fovea utrinque basali grosse punctata, sulculo mediocriter elongato, lateribus posticis sat alte reflexis. Elytra comparate elongata, profunde crenato-striata, striola scutellari valde elongata. ♂ palpi labiales articulo apicali valde triangulariter dilatato. — Long. 24 millim. ♂.

Noa Dehing Valley, Assam.

individuals from Palon do not differ from Chaudoir's description,
nor from an example of the same size from Siam (?) with which
I have compared it. The species comes exceedingly close to
T. chrysites, differing chiefly in the more rounded hind angles
of the thorax. The base of the thorax on each side differs also
in having only a very few punctures in the broad fovea, which
has also many strongly-marked transverse rugae. The sinistral
mandible has the same point and short transverse rugae across
its inner edge and coarse strigae above near the base as in
T. Lewisii.

Euryaptus, nov. gen.

Gen. *Trigonotomae* affinis. Brevior, oblongo-ovatus. Labrum
haud profunde arcuato-emarginatum. Antennae haud geniculatae
sed art. 1.mo 2-3 conjunctis subaequali. Caput sicut in *Trigonotomis* collo crasso; sulci frontales elongati, flexuosi. Palpi labiales
articulo apicali ♂ valde dilatato triangulari; ♀ elongato-trian-
gulari. Mentum breve, lobis latissime divaricatis, epilobis haud
salientibus. Elytra minus profunde striata, striola scutellari mi-
nima vel nulla; punctis discoidalibus nullis. Metasterni episterna
elongata, angusta. Abdomen segmentis 3-5 basi transversim
sulcatis.

A genus rendered necessary for the reception of several species
from S. E. Asia, differing greatly in facies and in minor points
of structure from *Trigonotoma* and *Triplogenius,* though agreeing
with them in essential group characters.

224. **Euryaptus nigellus**, n. sp.

Niger, partibus oris antennisque articulis basalibus obscure
rufis. Oculi prominentes. Thorax elytris parum angustior, relative
magnus quadratus, lateribus regulariter arcuatis, margine laterali
valde incrassato et reflexo, sulculo marginali profundo longe
ante basin desinenti, ibique lateribus explanatis, angulo postico
obtusissimo basi fere laevi, sulculo utrinque basali profundo et
extus fovea obsoleta. Elytra sat acute crenulatim striata, striola
scutellari brevissima obliqua, interstitiis fere planis, exterioribus

paullo convexis. Subtus pectore et ventris basi utrinque grossissime punctatis. — Long. 12 millim. ♂ ♀.

Bhamò; Toungoo ; Palon ; Karin Chebà alt. 900-1100 m. (¹).

225. Triplogenius Mouhoti, Chaud., Ann. Soc. Ent. Belg., XI, p. 152.

Bhamò.

Known previously only from Cambodia. Long. 25-27 millim.

226. Triplogenius Feanus, n. sp.

T. Mouhoti proxime affinis. Differt corpore latiori et praecipue thorace magis cordato et splendide viridi-aurato vel cupreo. Late elongato-oblongus, niger subtus aeneo-tinctus, capite et thorace viridi vel cupreo-aurato. Palpi apice piceo-rufi. Caput latior colloque crassiori, frontis lateribus similiter grosse rugosis. Thorax late cordato-quadratus, antice latius rotundatus et postice longius subsinuatim angustatus, latitudine apicali et basali fere aequali (in *T. Mouhoti* basi multo latiori); margine laterali prope basin angustius dilatato angulis posticis minus obtusis, distinctis vel subrectis, fovea utrinque basali subtiliter et parum punctulato-rugosa, sulculoque acute impressa obliqua. Elytra late oblongo-ovata, crenulatim striata, atra vix perspicue violascentia. Sterni lateribus multo sparsius et subtilius punctatis. — Long. 29-30 millim. ♀.

Karin Chebà alt. 900-1100 m. Two examples, females.

(¹) The following species may be here fittingly described:

Euryaptus assamensis. — Angustius oblongus, niger nitidus, palpis et antennis fulvo rufis, mandibulis et pedibus piceo-rufis. Oculi sat prominentes. Thorax elytris haud angustior transversus, lateribus arcuatis; margine laterali valde incrassato, sulculo-punctulato marginali fere usque ad basin extenso, thorace prope angulos haud explanatus, sulculo utrinque basali profundo et extus fovea rotundata obsoleta. Elytra sicut in *E. nigello* crenulatim striata striola scutellari nulla, foveola tantum ad striae 2.œ basin; interstitiis paullulum convexis. — Long. 10 millim. ♂. Assam.

Euryaptus rufipes.. — Major, elongatus, niger, politus, palpis, antennis et pedibus rufis. Caput angustum, mandibulis longe porrectis, oculis haud prominentibus. Thorax parum transversus fere circularis; margine laterali late incrassato, minus reflexo, sulculo marginali longe ante basin desinenti, basi laevi fovea lata utrinque prope angulum, sulcoque parum impresso. Elytra elongato-ovata, crenulatim striata, interstitiis paullulum (latera versus magis) convexis. — Long. 12 millim. Andaman Islands.

227. **Triplogenius Peguensis**, n. sp.

T. Feano affinissimus, forsan ejus varietas localis; differt tantum capite et thorace laete viridibus. Thorax adhuc magis cordatus, basi utrinque densius punctulato-ruguloso sulculoque indistincto; elytris purpurascentibus; caetera ut in *T. Feano*. — Long. 28-30 millim. ♂ ♀.

Palon (Pegu).

228. **Triplogenius chalcothorax**, Chaud., Ann. Soc. Ent. Belg. XI, p. 153.

Bhamò.

229. **Triplogenius rectangulus,** Chaud. Ann. Soc. Ent. Belg. XI, p. 153 ?

Bhamò.

Recorded by Chaudoir as from Dacca. The single example from Bhamò is much smaller than the size given by Chaudoir and the species cannot be considered, therefore, as satisfactorily determined.

Ecnomolaus, nov. gen.

Genus anomalum. Corpus parvum, anguste oblongum glabrum. Antennae geniculatae, scapo articulis 2-3 conjunctis paullo longiori; 1-3 glabris, caeteris poroso-pubescentibus. Mandibulae fere sicut in *Trigonotomis,* elongatae acute falcatae, decussatae. Setae supra-orbitales duabus, epistomateque utrinque prope angulum unisetoso. Sulci frontales elongati, postice divergentes et usque post oculos extensi. Palpi labiales articulo apicali (♂ ♀) late triangulari compresso; maxillares robusti fusiformes articulo penultimo parvo triangulari. (Mentum minime profunde emarginatum ?). Thorax elongato-quadratus mox ab angulis anticis perparum rotundatus, deinde usque ad basin rectus paullulum angustatus, angulis posticis rectis denticulatis exstantibus, medio basi utrinque sicut in *Abacetis* acute unisulcatus; lateribus normaliter bisetosis. Elytra linearia, prope apicem margine interrupta subtusque plica et sulculo-munita; humeris dentatis; striola scutellari et punctis dorsalibus nullis. Tibiae anticae sat latae extus apice inflexae et valide trispinosae margineque inter spinas 2.^{nda} et 3.^{ia} sinuato: intermediae gradatim latiores extus seriatim denticulatae et valide spinosae; posticae utrinque setosae. Tarsi breves sed graciles, articulo unguiculari 2-4 conjunctis aequali. Mesosternum inter coxas sulcato-concavum; epimeris angustissimis, sutura anteriori fere obsoleta. Metasterni episterna valde elongata. ♂ Tarsi antici articulis 1-3 perparum dilatatis triangularibus, plantis squamulatis.

In the characters of the tibiae, this curious little insect somewhat resembles *Pachytrachelus* but it belongs undoubtedly to the great *Pterostichide* section of the family and in spite of the peculiar form and armature of the tibiae I think it comes nearest to the *Trigonotomae* and *Abaceti*. Being unable to dissect the mouth I am unable to give the ligular and other characters; the very shallow and broad emargination of the mentum (a character of the *Trigonotomi* and *Abaceti*) is, however, perceptible without dissection.

230. Ecnomolaus clivinoides, n. sp.

Anguste oblongus, castaneo-fuscus, nitidus, palpis, antennis et pedibus testaceo-rufis. Caput et thorace laevia, hoc linea dorsali acute exarata a sulculo transversali anteriori usque ad basin ducta, margine laterali intus sulculato fovea sulciformi utrinque basali sat elongato, fundo punctulato. Elytra punctulato- (crenulatim) striata. Subtus lateribus grosse, ventre subtiliter, punctatis. — Long. 5 $^1/_2$ millim. ♂ ♀.

Rangoon; Kathà; Bhamò. Three examples.

Group Abacetini

231. **Abacetus Birmanus**, Bates, Ann. Mus. Civ. Genova, Ser. 2.ª, VII, p. 106 (*Loxandrus,* id.).

Bhamò.

The second joint of the antennae being articulated on the edge of the first, proves that this species belongs to *Abacetus* and not to *Loxandrus*. It appears to be closely allied to *A. im-- pressicollis*, Dej. from India ; the whole of the upper surface, but especially the elytra, is splendidly opalescent.

232. **Abacetus marginicollis**, Chaud., Bull. Mosc., 1869, I, p. 359.
Teinzò ; Tharawaddy (Oates). Two examples. Rangoon, is the locality given for this species by Chaudoir.

233. **Abacetus insolatus**, n. sp.
A. Birmano proxime affinis et simillimus, at differt thorace medio (nec ante medium) rotundatus, postice minus quam antice angustatus, angulis posticis valde obtusis (nec paullo exstantibus, rectis) basique impunctato : caetera sicut in *A. Birmano*. — Long. 10 millim.
Palon (Pegu) ; Malewoon (Tenasserim).

234. **Abacetus politus**, Chaud. Bull. Mosc. 1869, I, p. 368.
Palon (Pegu).
Recorded by Chaudoir from Dacca.

235. **Abacetus cyathoderus**, Chaud. Bull. Mosc. 1869, I, p. 373.
Palon (Pegu).
Described by Chaudoir from examples from Dacca.

236. **Abacetus illuminans**, n. sp.
Ad § *A. politi* (Chaud.) pertinet, *A. cyathodero* (Chaud.) affinis. Nigro-aeneus politus, elytris laetius aeneis politissimis, iridescentibus, utrinque versus apicem macula fulva inter strias 4.^{tam} et 7.^{am}, antennis (scapo laetius rufo) palpis, thoracis margine dilatato, femoribus tarsisque, fulvo-rufis, tibiis nigris. Caput breve, oculis valde prominentibus, sulcis frontalibus extus valde curvatis. Thorax sat late cyathiformi, margine laterali aequaliter sat late explanato-reflexo, valde rotundato ; postice fortiter angustatus, juxta basin lateribus breviter sinuatis, angulisque posticis breviter exstantibus ; supra undique laevis, basi utrinque usque ultra angulum integre marginato, sulco utrinque basali profunde impresso.

Elytra humeris distincte angulatis, basi utrinque arcuata mox ab humeris late rotundata; acute striata, interstitiis fere planis 3.^{io} unipunctato. Tarsi postici extus tantum sulculati. — Long. 9 millim. ♀.

Kawkareet (Tenasserim).

There is one example of this handsome and distinct species.

237. Abacetus sulculatus, n. sp.

A. illuminanti affinis. Niger sine nitore, palpis antennis et tarsis fulvo-rufis. Caput laeve, oculis prominentibus, sulcis frontalibus extus curvatis sed oculi marginem haud attingentibus. Thorax sat late cyathiformis, medio valde rotundatus, ante basin rectificatus (lateribus parallelis) angulis posticis rectis; basi utrinque prope angulum solum marginato, sulco utrinque fortiter exarato linea dorsali prope basin impressionibus sulciformibus insculpta; medio basi vage punctato. Elytra striata, interstitiis paullo convexis 3.^{io} unipunctato. Tarsi postici extus tantum sulculati. — Long. 8 $^{1}/_{2}$ millim. ♂.

Rangoon; Palon (Pegu). Three examples, females.

238. Abacetus bisignatus, Bates, Ann. Mus. Civ. Genova, Ser. 2.ª, VII, p. 105.

Bhamò; Shwegoo.

239. Abacetus amplicollis, Bates, Ann. Mus. Civ. Genova, Ser. 2.ª, VII, p. 106.

Bhamò; Kathà; Teinzò.

240. Abacetus hirmococlus, Chaud., Bull. Mosc., 1869, I, p. 372?

Senmigion. One example.

Referred to this species with some doubt, though it agrees fairly well with the description.

241. Abacetus foveifrons, n. sp.

Breviter oblongus, niger nitidus, palpis antennis et pedibus rufo-ferrugineis. Caput breve et latum, foveis frontalibus magnis, profundis extus versus oculum angulatis sine linea impressa curvata. Thorax comparate grandis, latus, elytris haud angustior, ante medium late rotundatus postice paullo haud sinuatim angustatus, angulis posticis obtusis sed apice denticulatim extantibus; sulculo laterali a margine explanato (prope angulos anticos excepto) distanti et ante apicem desinenti, sulculo marginali basali nullo, sulcis utrinque basalibus usque marginem exaratis; basi impunctata. Elytra comparate brevia, acute exarato-striata, striis versus basin punctulatis; interstitio 3.^{10} unipunctato. Metasterni episterna latitudine parum longiora. — Long. 7-7 $^1/_2$ millim. ♂ ♀.

Houngdarau Valley (Tenasserim). Two examples.

242. **Abacetus politulus**, Chaud., Bull. Mosc., 1869, I, p. 369.
Rangoon ; Senmigion.

243. **Abacetus guttula**, Chaud., Bull. Mosc., 1869, I, p. 374.
Bhamò; Kathà; Kawkareet (Tenasserim).
Chaudoir gives Dacca (by error " Deccan ") as the locality. The small reddish subapical spot, is often supplemented by a subhumeral spot, on 3, 2 or 1 interstices.

244. **Abacetus maculipes**, Chaud., Bull. Mosc., 1869, I, p. 384.
Karin Asciuii Chebà alt. 1200-1300.
The original specimens of the species according to Chaudoir were taken by Helfer in the province of Martaban.

245. **Abacetus chalceolus**, Chaud., Bull. Mosc., 1869, I, p. 384.
Senmigion; Rangoon.
Found also in Northern India and among the insects collected by Helfer (in Burma?), according to Chaudoir.
If I have determined this species rightly, and Signor Fea's specimens agree with Chaudoir's description and with examples from Bengal with which I have compared them, it is very closely allied to, if not identical with A. *politulus* which its describer (Chaudoir) places in a different section of the genus namely in

that characterized by "Sulci frontales breves, extus arcuati;" the section of which *A. chalceolus* forms part, being "Sulci frontales posterius sinuato-producti." Individuals, in fact, occur in which the sulci are extremely fine and undecided in the little curve which forms their posterior termination; this curve is sometimes short or long in examples which seem to belong to the same species, and I believe that *A. politulus* consists of individuals where it is very short or obscure.

246. Abacetus antepunctatus, n. sp.

A. chalceolo (Chaud.) affinis, sed differt thorace basi magis angustato, pedibusque flavis femoribus tantum subtus macula elongata nigro-aenea. Convexus, aeneus, capite thoraceque sub-viridi-aeneis, antennis fuscis, articulis 1-3 palpis • pedibusque ferrugineis, femoribus subtus nigro-aeneo plagiatis. Sulci frontales postice usque post oculos continuati. Thorax valde rotundatus, postice magis quam antice et sinuatim angustatus, angulis posticis rectis, anticis valde declivibus, medio basi grosse-punctatus haud marginatus, linea dorsali versus basin latius impressa. Elytra convexa, striata, striis apicem versus tenuiores, puncto dorsali longe ante medium sito. Venter anguste rufo-marginatus. — Long. 5 ½ millim. ♀.

'Teinzò; Kathà. Two examples.

247. Abacetus quadriguttatus, Chaud., Bull. Mosc., 1869, I, p. 387.

Kawkareet (Tenasserim).

The frontal sulci in this elegant and distinct species are not very distinctly prolonged behind, although Chaudoir placed it in the section having this character; they are deeply and broadly impressed and angulated, but turned towards the inner margin of the eyes, the curve at their termination, instead of continuing to the eyes becoming straight and passing the anterior supra orbital pore. In *A. lophoides* (Bates, Ann. Soc. Ent. Fr., 1889, p. 277) from Cambodia, which is scarcely more than a local variety of *A. quadriguttatus,* having 2 instead of 3 apical antennal joints albotestaceous, the sulci are curved to the supraorbital pore. This sectional character is therefore not be relied on.

248. **Abacetus femoralis**, Motsch., Bull. Mosc. 1864, II, p. 354 (*Distrigodes*, id.); Chaud., Bull. Mosc., 1869, I, p. 386.

Rangoon; Bhamò.

Recorded by Motschulsky from Tranquebar; Chaudoir gives also Martaban as a locality.

249. **Abacetus ?**

Bhamò.

A much damaged example of an apparently distinct species.

250. **Chlaeminus biguttatus**, Motsch., Bull. Mosc., 1864, II, p. 351; Chaud., Bull. Mosc., 1869, I, p. 401.

Palon (Pegu).

Dacca and Tranquebar according to Chaudoir and I have seen examples from the Nilghiris in S. India.

251. **Chlaeminus biplagiatus**, Chaud., Bull. Mosc., 1869, I, p. 402.

Teinzò ; Rangoon.

M. de Chaudoir's examples came from the latter locality.

252. **Chlaeminus flavoguttatus**, Motsch., Bull. Mosc., 1864, II, p. 354 (*Distrigodes* id.); Chaud., Bull. Mosc., 1869, I, 404.

Bhamò. One, female, example.

Recorded by Chaudoir from Burma.

253. **Chlaeminus quadriplagiatus**, Chaud., Bull. Mosc., 1869, I, p. 403?

Bhamò.

I refer the single Bhamò example to this species with some doubt, as the punctuation of the thorax and elytra are not so dense as that implied by Chaudoir's description.

Metabacetus, nov. gen.

Gen. *Abaceto* valde affinis, sed differt in primis antennarum articulo 2.^{ndo} cum 1.mo regulariter articulato. Mentum sicut in *Abacetis* parum profunde emarginatum, dentatum, sed lobis haud late divaricatis. Thorax sine sulculis marginalibus. Prosternum marginatum. Metasterni episternis subelongatis. Venter haud transversim sulcatus.

The genus is closely allied to *Pediomorphus*, Chaud.

254. Metabacetus immarginatus, n. sp.

Latius oblongo-ovatus, niger nitidus, elytris opalescentibus, palpis antennis pedibusque rufo-testaceis. Sulci frontales tenues, recti, obliqui, ultra porum supraorbitalem anteriorem haud prolongatum. Thorax paullo transversus, antice rotundatus, postice mediocriter subrecte angustatus, ante angulos posticos subrectos paullulum sinuatus; margine reflexo laterali tenui, sulculis marginalibus laterali et basali omnino obsoletis, sulcis basalibus utrinque brevibus marginem haud attingentibus, linea impressa dorsali tenui longe ante basin terminata. Elytra breviter oblongo-ovata, convexa, fortiter usque ad apicem striata, striis crenulatis, puncto dorsali nullo. Tarsi postici extus tantum sulculati; antici ♂ articulis 3 triangularibus angulis rotundatis. — Long. 6 $^{1}/_{2}$ millim.

Karin Chebà, alt. 1300-1400 m.

255. Holconotus ferrugineus, Chaud., Bull. Mosc., 1869, I, p. 400 (*Abacetus,* id.); Schmidt-Goeb., Faun. Birm., t. II, f. 6; Chaud., Rev. and Mag. Zool., 1876, p. 24 (*Holconotus,* id.).

Rangoon; Kathà; Mandalay; Bhamò; Palon (Pegu).

A widely-distributed insect in Indo-China, Madras, Siam and Cambodia.

Group **Pterostichini.**

Arsenoxenus, nov. gen.

Gen. *Loxandro* affinis. Ab omnibus *Pterostichinis* differt tarsis anticis ♂ haud dilatatis, articulisque tribus subtus haud squamulatis, sed biseriatim breviter albo-setosis. Mentum sicut in *Pterostichis* sat profunde emarginatum, sinu dente valido apice emarginato, lobis parum divergentibus. Palpi articulo apicali subfusiformi apice truncato; labiales articulo penultimo bisetoso. Sulci frontales tenues extus arcuati. Thorax lateraliter crasse emarginatus, sulco utrinque basali. Elytra absque striola scutellari punctisque dorsalibus, margine praeapicali fortiter interrupto. Prosternum apice marginatum. Metasterni episternis subelongatis. Segmenta ventralia haud transversim sulcata. Tibiae sparsim setosae; tarsi graciles. — ♂ Tarsi antici articulis haud dilatati, 1-4 triangularibus 1-3 lateribus compressis, subtus setis (acuminatis) erectis pallidis densis in seriebus duabus ordinatis: ventris apice, poris setiferis ♂ 2, ♀ 4.

256. **Arsenoxenus harpaloides**, n. sp.

Oblongus, niger nitidus laevis elytris opalescentibus, palpis tarsis antennisque rufo-piceis. Thorax elytris vix angustior, quadratus antice tantum paullo angustatus, angulis posticis rectis, basi et apice immarginatus, lateribus margine incrassato medio paullo dilatato, sulculo marginali acute exarato; poro setifero unico apud angulum posticum; sulculo utrinque basali brevi a margine postico remoto. Elytra acute striata interstitiis fere planis; stria 9.na apice simplici. Metasterno ventrisque basi lateribus dense punctulatis. — Long. 10-13 millim. ♂ ♀.

Palon (Pegu); Bhamò.

257. **Trigonognatha Feana**, n. sp.

T. cuprescenti (Motsch.) gracilior; oblongo-elongata, nigra nitida elytris violaceis, palpis rufo-piceis apice pallidioribus. Caput comparate parvum, oculis minus prominentibus; sulcis frontalibus profundis, brevibus, flexuosis. Thorax sicut in *T. cuprascenti* sat elongatus, sed minus cordato-quadratus, antice usque ultra medium paullo rotundatus, basin versus sinuatim mediocriter angustatus, angulis posticis extantibus subrectis; basi medio fortiter sinuato, utrinque versus angulos oblique ascendenti, fovea basali parva profunda; margine laterali sat incrassato, reflexo sulculoque marginali profundo ab angulis anticis usque ad posticos extenso, latitudine undique aequali, sulculo marginali basali utrinque ab angulis usque prope foveam; supra undique laevis. Elytra profunde striata, interstitiis convexis, absque striola scutellari punctisque dorsalibus: humeris breviter dentato-productis. Subtus politissimus; episternis metathoracicis brevibus, parvis, pectore lateribus punctatis. Palpi apice mediocriter dilatati, late truncati. Antennae sicut in *T. cuprescenti* mediocriter elongatae, robustae. — Long. 14 millim. ♂.

On the top of M.ᵗ Mooleyit (Tenasserim) 1800-1900 m. Two examples, males.

Subfamily CTENODACTYLINAE.

258. Hexagonia Kirbyi, Schmidt-Goebel, Faun. Birm., p. 51, t. II, f. 2.

Palon (Pegu). One example.

Schmidt-Goebel gives Darjiling as the locality of his specimen.

259. Hexagonia longithorax, Wiedmann, Zool. Mag. II, I, p. 58 (*Lebia,* id.).

Palon (Pegu); Malewoon (Tenasserim).

Two examples, agreeing well with Wiedmann's description, with the exception, perhaps, that his phrase " Seitenränder nach vorn eine abgerundete Ecke bildend " scarcely suits the very decided angle which the margin of the thorax forms before the middle. The colour of the upper surface is piceous-black or " castaneo-fuscus, " with the antennae, parts of the mouth and the legs testaceous-red.

260. **Hexagonia nigrita**, Van de Poll, Notes from the Leyden Museum, 1889, p. 247.

Karin Chebà 900-1100 m.

There are two examples of this large species, measuring 12 millim. Van de Poll gives 10 $^1/_2$-11 $^1/_2$ millim. for his specimens which came from Java and Sumatra. The species is remarkable for the narrowness of the thorax and the very slight trace of angle on the margin and also for the head being rather less quadrate (more narrowed posteriorly) behind the eyes than in the other species.

Monacanthonyx, nov. gen.

Gen. *Calatho* affinis et simillimus; differt praecipue unguibus basi spina gracili unica armatis, juxta spinam intus breviter sinuatis. Corpus elongatum : thorax elongatus, lateribus regulariter arcuatis marginequé explanato-reflexo, postice haud latior, angulis posticis omnino rotundatis et cum margine reflexis. Prosternum apice haud marginatum; metasterni episternis valde elongatis et postice angustatis. Pedes graciles, tibiis ♂ ♀ setulis sparsis; tarsis subtus sparsim ciliatis, 4 posterioribus (praecipue articulo primo) supra (♀ 2 anticis indistincte) bisulculatis. ♂ Tarsi antici articulis 1-3 paullo dilatatis tenue oblongis, plantis biseriatim squamulatis.

The spine or very slender tooth at the inner base of the claws is similar in position to that of *Dicranoncus* but much shorter.

261. **Monacanthonyx pocillator**, n. sp.

Gracilis, glaber, politus, rufo testaceus, elytris (marginibus exceptis) fuscis. Caput gracile ovatum, oculis parum prominentibus, laeve. Thorax impunctatus. Elytra humeris acutis, margine basali arcuato versus humeros ascendenti, apice oblique paullo sinuata, striata, interstitiis fere planis, 3.^{io} tripunctato (1.mo basin versus apud striam 3.^{iam}, 2.^{ndo} et 3.^{io} post medium juxta striam 2.^{dam}), stria 1.ma ad basin in foveolam desinenti. — Long. 8 millim.

Karin Chebà alt. 900–1100 m.

Two examples; both immature, so that the colours are here unsatisfactorily described.

Subfamily ANCHOMENINAE.

262. Calathus crenatus, Putzeys, Monogr. des Calathides, p. 66.

Karin Asciuii Ghecù alt. 1400-1500 m.

Agrees precisely with the rather full description given by Putzeys from an example from Northern India. The immarginate apex of the prosternum brings it within the definition of the genus *Pristodactyla,* Dej.

263. Orthotrichus alternatus, n. sp.

Ab *O. cymindoïde* (Dej.) differt thorace marginibus explanatis elytrisque alternatim setifero-punctatis. Elongatus subplanatus, castaneo-fuscus sericeo-nitidus, partibus oris, antennis thoracis margine laterali, pedibus elytrorumque epipleuris fulvo-testaceis. Thorax cordatus, angulis anticis paullo porrectis late rotundatis, margine laterali late explanato-reflexo, fulvo; totus sat sparsim setifero-punctulatus, postice utrinque longe concavus, rugulosus. Elytra apice paullo profundius sinuata, angulis exterioribus subdentiformibus: punctulato-striata, interstitiis planis 1.mo et 5.to uniseriatim 3.^{io} et 7.mo biseriatim setifero-punctatis, 2.^{ndo}, 4.to, 6.to et 8.vo impunctatis. — Long. 10 millim. $\male$ $\female$.

Prome; Kathà; Senmigion.

264. Orthotrichus Indicus, n. sp.

O. cymindoïdi (Dej.) proxime affinis; differt *inter alia* thorace magis quadrato. Paullo gracilior, saturate fusco-castaneus thorace margine laterali solum pallido; palpis antennis pedibusque fulvo-testaceis, elytrorum epipleuris margineque laterali castaneo-rufis. Caput politum, laeve. Thorax comparate parvus, paullulum transversus subquadratus, lateribus fere aequaliter arcuatis, margine laterali explanato-reflexo, rufescenti, angulis posticis obtusis sed distinctis, disco nigro polito, toto sparse punctato-setifero. Elytra elongata apice valde sinuato-flexuosa, angulo suturali dentato; punctulato-striata, interstitiis planis subseriatim grossius punctulatis, 1.mo 3.^{io} et 5.to serie unica. Tarsi supra glabri. — Long. 9-11 millim.

Karin Asciuii Chebà, alt. 1200-1300 m. One example.

Apparently an abundant insect in Chota Nagpore, Bengal; whence Père Cardon has sent home a large number of examples. Found also in the Nilghiris, S. India.

265. Megalonychus Birmanicus, n. sp.

Megalonychis nonnullis Africanis (e. g. *M. Swahilio*) similis et quoad formam ab *Orthotricho cymindoide* (Dej.) vix differt. Niger politus elytris subsericeo-nitentibus, palpis (interdum partibus oris omnibus) et antennis ferrugineo-rufis pedibus flavo-testaceis. Thorax subovatus postice magis quam antice angustatus, angulis anticis late rotundatis margine laterali (rufo-translucenti) explanato et valde (praecipue versus basin) reflexo, angulis posticis obtusis sed distinctis; limbo laterali et postico ruguloso-punctulato, disco posteriori utrinque subtilissime punctulato. Elytra paullo convexa, apice valde sinuata fere flexuoso-truncata, eleganter crenulato-striata, interstitiis fere planis basi excepta subtiliter alutacea, 3.^{io} 5.to et 7.mo seriatim setifero-punctatis, 5.to interdum puncto unico. Episterna metathoracica elongata punctata. Tarsi supra glabri, 4 posteriores ♂ articulis 1-3 valde sulcatis medio supra carinatis; ♀ anteriores utrinque sulculati. — Long. 11 millim. ♂ ♀.

Bhamò; Teinzò; Karin Asciuii Chebà, alt. 1200-1300 m.

Also found at Noa Dehing in Assam and on the Khasia Hills alt. 2000 feet. These latter have a row of punctures on the 5.th interstice, the specimens from other localities only one puncture, near the base.

266. Megalonychus dilaticollis, n. sp.

Late oblongo-ovatus niger nitidus, elytris laete iridescentibus; palpis, antennis 4-11 tarsisque apice, rufescentibus. Palpi fusiformes, apice truncati. Thorax valde transversus, transversim

ovatus, leviter cyanescens, margine laterali basin versus explanato-reflexo, angulis posticis rotundatis, limbo posteriori et laterali late dense ruguloso-punctulato, disco et parte anteriori
sparsim subtiliter punctulatis. Elytra convexa, apice vix perspicue
sinuata, profunde usque ad apicem exarato-striata, striis fundo
punctulatis, interstitiis paullo convexis, tertio medio unipunctato.
Pectoris lateribus (praecipue metasterno) punctatis. Tarsi antici
♂ articulis 1-3 utrinque sulculatis, 4 postici utrinque bisulcati
medio dorso carinati. — Long. 13 millim. ♂.

Karin Chebà, alt. 900-1100 m. One example, ♂.

The three foregoing evidently belong to the genus *Megalonychus* of which only African species have hitherto been described.
Other Tropical Asian members of the genus no doubt exist undescribed in collections. I know of one other, from Assam,
much resembling *M. Birmanicus* ([1]).

267. **Feanus spinipennis**, Bates, Ann. Mus. Civ. Genova, Ser.
2.ª, Vol. VII, p. 108.

Bhamò; Teinzò.

268. **Pirantillus Feae**, Bates, l. sup. cit., p. 109.

Meetan (Tenasserim); Palon (Pegu).

269. **Pirantillus extensicollis**, n. sp.

P. Feae differt solum thorace paullo angustiori, antice minus
rotundatus et longe ante basin angustatus ibique usque ad basin
lateribus parallelis. Niger sericeo-nitens elytris opalescentibus;
palpis melleo-flavis, partibus caeteris oris antennis tarsis et geniculis rufo-testaceis. Mandibulae valde elongatae, porrectae fere
rectae. Elytra comparate breviora et lata, convexa apice haud

---

([1]) **Megalonychus cyanipennis**, n. sp. — *M. Birmanico* quoad formam simillimus.
Supra cyaneo-niger elytris laetius subviridi-cyaneis, palpis antennis et pedibus
flavo-testaceis. Thorax subovatus, lateribus explanato-reflexis fulvis, sparsius
punctatis, disco laevi basi punctato. Elytra apice valde flexuoso-sinuata angulo
exteriori fere dentiformi, margine prope suturam recto, angulo suturali denticulato; punctato-striata, interstitiis planis, politis, 3.¹⁰ 5.¹⁰ bipunctatis. — Long.
10 millim. Noa Dehing, Assam.

sinuata, acute striata, interstitiis planis, punctis dorsalibus tribus. — Long. 9 millim.

Karin Ghecù alt. 1300-1400 m.

This can scarcely be more than a local form of *P. Feae;* but the structural modification of the thorax is remarkable and the form is deserving of a name. In *P. Feae* the thorax is broadly rotundate-dilated to within a very short distance of the base; in *P. extensicollis* the dilatation ceases so as to leave a rather long neck between it and the base.

270. **Onycholabis melitopus**, n. sp.

O. sinensi (Bates) affinissimus et similis, differt tantum thorace parvo anguste cordato (nec antice rotundato-dilatato) elytrisque basi utrinque retrorsum obliquato (nec recte truncato). Elongatus, gracilis, niger politus, palpis antennis pedibusque melleoflavis, mandibulis et labro obscure rufis. Oculi prominentes, collo paullo post oculos constricto. Thorax anguste cordatus, antice parum rotundatus ibique margine tenui inaequali, flexuoso, postice gradatim angustato, angulis posticis rectis subacutis, lateribus et basi punctato-rugosis. Elytra convexa, margine basali a scutello usque ad thoracis angulum breviter arcuato, ibique angulato, deinde extus obliquato usque ad angulum obtusum humeralem; crenulato-striata, interstitiis planis, prope apicem profundioribus et latioribus; punctis dorsalibus tribus 1.mo ante medium apud striam 3.^{iam}, 2^{udo} et. 3.^{io} posteriores apud striam 2.^{ndam} Pedes graciles; tarsi articulo 4.to anteriorum breviter bilobato, quatuor posteriorum angusto sat profunde emarginato. — Long. 10-12 millim. ♀.

Karin Asciuii Chebà alt. 1200-1300 m. One example ♀.

Also found in Assam, an example from which country differs only in being a little larger than the Burmese specimens.

271. **Anchomenus aeneotinctus**, Bates, Trans. Ent. Soc., 1873, p. 330.

Karin Asciuii Chebà alt. 1200-1300 m.; Karin Asciuii Ghecù; alt. 1400-1500 m., Rangoon; Mt Mooleyit 1800-1900 m.

The specimens agree perfectly well with others from Fu-chau and Hong Kong, where the species appears to be common.

272. Anchomenus ?

Teinzò.

A single example of an *Anchomenid* form, at present indeterminable.

273. Colpodes Muleyitus, n. sp.

C. Bengalensi (Chaud.) et *C. mellito* (Bates) affinis. Multo angustior, niger politus, elytris purpurascentibus et opalescentibus, antennis fulvo-testaceis, partibus oris, geniculis, tibiis et tarsis, obscure rufo-fulvis. Caput parvum, ovatum, oculis parum prominentibus, post oculos gradatim longe angustatum. Thorax anguste ovatus, margine laterali explanato-reflexo, rufescenti, angulis posticis rotundatis, puncto-setifero posteriori paullo ante basin sito, fovea utrinque magna punctulato-rugulosa. Elytra anguste elongato-ovata, convexa, apice oblique et parum sinuata, angulis humeralibus obtusis sed distinctis, undique aequaliter exarato-striata, interstitiis parum convexis, tertio tripunctato, puncto 1.mo versus basin juxta striam 3.^{lam}, 2.^{ndo} post medium 3.to prope apicem juxta striam 2.^{dam} Epipleura versus basin gradatim valde dilatata, rufescentia. Palpi graciles, articulo apicali gracile fusiformi subacuminato, maxillares valde elongati. Episterna metathoracica vix elongata. Tarsi posteriores bisulculati, articulo 4.to extus bilobulato; antici art. 4.to inaequaliter bilobato. — Long. 9 millim.

Mt Mooleyit (Tenasserim) alt. 1000-1900 m.

274. Colpodes caelitis, n. sp.

C. saphyrino (Chaud.) affinis et similis sed elytris apice haud mucronatis. Elongato-oblongus, aenescenti-niger politus, elytris cyaneis, palpis antennis et tarsis obscure rufis. Caput (sicut in *C. saphyrino*) mediocre, post oculos gradatim angustatum. Thorax paullulum transversus, usque ante medium dilatatus deinde subrecte angustatus, angulis posticis porrectis (apice rotundatis),

posticis obtusis sed distinctis, margine laterali late explanato-
reflexo, intra marginem late ab apice usque ad basin concavo.
Elytra elongato-oblonga, apice fortiter et oblique sinuata (angulo
externo rotundato), prope suturam breviter subrecte truncata
sed angulo suturali valde obtuso; punctulato-striata, interstitiis
planis. Tarsi antici sulculis (in ♂) fere obsoletis, 4 posterioribus
profunde exaratis: articulo 4.to posterioribus breviter, 2 anterioribus longius, unilobatis. Episterna metathoracica valde elongata.
— Long. 12 millim.

Karin Chebà, alt. 900-1100 m.; Karin Asciuii Chebà, alt. 1200-
1500 m.

275. **Colpodes olivius**, Bates, Trans. Ent. Soc., 1873, p. 330.
Karin Ghecù, alt. 1300-1400 m.; Karin Chebà, alt. 900-1100 m.

The specimens agree well with the type of *C. olivius*, which
came from Hong Kong. *C. coelopterus*, Chaud. must be a nearly
allied, if not the same species.

276. **Colpodes janellus**, n. sp.

C. amoeno (Chaud.) affinis. Minor, colore supra toto olivaceo-
aeneo etc. Elongatus, fulvo-testaceus, supra thorace elytrisque
(marginibus lateralibus exceptis) olivaceo-aeneis nitidis. Thorax
quadratus, lateribus paullo rotundatis, postice minus quam antice
angustatus, angulis posticis obtusis sed distinctis (margine basali
versus angulum obliquato), anticis nullomodo porrectis, margine
laterali sat late explanato-reflexo, concavitate intra marginem
postice confertim punctulata. Elytra apice oblique sinuata, angulo
exteriori rotundato, prope suturam breviter transversim truncata,
angulo externo rotundato, suturali brevissime spinoso; punctulato-
striata, interstitiis undique planis. Episterna metathoracica valde
elongata. Tarsi omnes sulculati, posteriores supra carinulati;
articulo 4.to quatuor pedum anteriorum inaequaliter bilobato,
duo posteriorum simplici. — Long. 9 $^{1}/_{2}$ millim.

Karin Chebà, alt. 900-1100 m.; Karin Asciuii Chebà, alt. 1200-
1300 m.

277. Colpodes acroglyptus, n. sp.

Ad § III, *A*. 3. *b. a. x x.* Monogr. Chaud. pertinet. Elongatus, niger leviter viridi-aeneo tinctus, partibus oris, antennis, trochanteribus tibiis et tarsis obscure fulvo-rufis. Caput post oculos gradatim sinuato-angustatum, oculis mediocriter prominentibus. Thorax cordato-quadratus, paullo ante medium dilatatus, ante medium subrecte post medium sinuatim angustatus, angulis anticis porrectis posticis paullo acutis, margine laterali explanato-reflexo, concavitate intra marginem subopaca, disco polito. Elytra elongata oblongo-ovata, sericeo-nitentia, apice parum oblique sinuata, prope suturam rotundata, striata, striis vix perspicue punctulatis, interstitiis planis, prope apicem singulis medio sulcatis. Tarsi omnes (antici ♂ minus profunde) sulcati medioque supra (praecipue posticis) carinulati; articulo 4.to breviter inaequaliter bilobato. Episterna metathoracica valde elongata. — Long. 11 millim. ♂ ♀.

Karin Asciuii Ghecù, alt. 1400-1500 m.

Also found on the Naga Hills, alt. 4000-5000 feet (Mr Chennell).

278. Colpodes castaniventris, n. sp.

C. undulipenni affinis et subsimilis at differt thorace cordato elytrisque haud impressis etc. Niger, ventre castaneo-rufo elytrisque viridi-olivaceo-aeneis relucentibus, partibus oris antennis thoracis elytrorumque marginibus lateralibus et pedibus obscure rufis. Oculi mediocriter prominentes. Thorax sat anguste quadrato-cordatus ante medium rotundatus, antice et postice aequaliter angustatus, postice leviter sinuatus, angulis posticis subrectis, anticis paullulum porrectis; margine laterali explanato-reflexo, concavitate intra marginem punctato-rugosa. Elytra sat elongatim oblongo-ovata, apice oblique paullo sinuata, versus suturam rotundata; sat profunde aequaliter striata, interstitiis subconvexis. Episterna metathoracica valde elongata. Tarsi omnes sulculati, posteriores supra carinulati articulo 4.to quatuor anteriorum inaequaliter bilobato, 2 posteriorum simplici. — Long. 10 millim.

Karin Asciuii Ghecù alt. 1400-1500 m.

279. **Colpodes punctulicollis**, n. sp.

C. arecarum, Chaud., affinis; thorace similiter punctulato. Breviter oblongo-ovatus, piceo-niger nitidus, partibus oris antennis et pedibus obscure fulvo-rufis. Caput nigrum politum, oculis prominentibus. Thorax transversus, cordato-quadratus, antice magis quam postice angustatus, lateribus paullo ante medium valde dilatatis, postice leviter sinuatis, ˙angulis posticis subrectis, anticis porrectis, margine laterali, praecipue postice, valde explanato-reflexo, disco polito strigulato, limbo lato laterali sat dense punctulato. Elytra brevius ovata, apice sinuata, angulo exteriori omnino rotundato, versus suturam haud truncata sutura inermi; subpunctulato-striata, disco posteriori paullulum depressa. Episterna metathoracica valde elongata. Tarsi omnes sulculati, posteriores supra carinulati; articulo 4.to unilobato. — Long. 9 millim.

Karin Asciuii Ghecù, alt. 1400-1500 m.; Karin Chebà, alt. 900-1100 m.

280. **Colpodes undulipennis**, n. sp.

C. punctulicolli subsimilis. Sat breviter oblongus, piceo-niger viridiaeneo tinctus, palpis apice pallide testaceis, mandibulis et antennis piceo-rufis scapo pallidiori, pedibus obscurius piceo-rufis. Caput nigrum politum, post oculos constrictum, oculis valde prominentibus. Thorax subquadratus parum transversus, ante medium subangulatim dilatatus, postice leviter sinuato-angustatus, angulis posticis obtusis sed valde distinctis, anticis haud porrectis; margine laterali anguste explanato-reflexo obscure rufo-translucenti, concavitate utrinque basali magna dense punctulata. Elytra relucentia, disco antice et medio depresso, apice oblique sinuata prope suturam producta, apice rotundata inermia, angulo exteriori valde rotundata; subpunctulato-striata, interstitiis planis. Episterna metathoracica valde elongata. Tarsi omnes sulculati, posteriores supra carinulati; anteriorum articulo 4.to brevissime unilobulato, quatuor posteriorum leviter tantum emarginato. — Long. 8 $^{1}/_{2}$-9 millim.

Bhamò; Kathà.

281. **Colpodes eucnemis**, n. sp.

Facies *Anchomeni* (*Agoni*) *moesti,* sed elytris violaceis. Caput et thorax nigra politissima, elytra subviolacea, palpis antennis, trochanteribus, tibiis et tarsis, fulvo-rufis. Caput convexum ovatum, oculis mediocriter prominentibus. Thorax rotundatus postice longius quam antice angustatus, paullo transversus, angulis posticis obtusissimis fere rotundatis, anticis porrectis, margine laterali postice latius quam antice explanato-reflexo. Elytra oblongo-ovata, convexa disco posteriori depressa, apice parum oblique sinuata prope suturam inermem rotundata, punctulato-exarato-striata interstitiis paullo convexis. Episterna metathoracica valde elongata. Tarsi omnes sulculati, posteriores supra carinulati; articulo 4.to breviter inaequaliter bilobato. — Long. 9 $^1/_2$-10 millim.

Karin Chebà, alt. 900-1100 m.

Belongs to the subsection of the genus headed by *C. macropterus* in Chaudoir's Monograph of 1878-79, but appears not to resemble any species described by him under that or the allied sections.

282. **Colpodes ischioxanthus,** n. sp.

C. lampriodes (Bates) proxime affinis et similis; differt *inter alia* pedum colore. Breviter oblongo-ovatus, rufo-testaceus, elytris limbo viridi-cyaneo discoque communi violaceo, pedibus nigris femoribus (apice excepto) rufis, antennis nigris articulo 1.mo toto et 2-3 vel 2-4 basi flavis. Oculi prominentes. Thorax sat parvus, transverso-quadratus, medio rotundatus, antice paullo magis quam postice angustatus, angulis posticis subrectis, margine laterali mediocriter et fere aequaliter explanato-reflexo. Scutellum rufum. Elytra subquadrata humeris late rotundatis, apice oblique flexuoso-sinuata, angulo suturali breviter spinoso; striata interstitiis planis 3.^{io} tripunctato, epipleuris et plica basali nigris. Tarsi 4 posteriores articulo 4.to valde unilobato. — Long. 6 $^1/_2$-7 $^1/_2$ millim.

Karin Chebà alt. 900-1100 m.

283. **Colpodes ruficeps**, Macleay, Ann. Jav., p. 25; Bates, Ann.

and Mag. Nat. Hist. (5) Vol. XVII p. 147; Brullé, Hist. Nat. Ins. IV, I, p. 325, pl. 12, f. 2.

Karin Chebà alt. 900-1100 m.; Karin Asciuii Ghecù 1400-1500 m.; Moulmein (Tenasserim).

Also found in Java and Sumatra. *C. ruficeps* (Chaud.) Ann. Soc. Ent. Fr., 1859, p. 349, from Bengal and Ceylon is evidently a distinct species, not known to occur in Java. The Burmese examples agree very well with numerous Javan specimens with which I have compared them.

284. Colpodes ?

Bhamò.

An example of what appears to be the *C. ruficeps,* Chaud. (nec Macleay).

285. Colpodes spinulifer, n. sp.

C. acroglypto affinis et quoad thoracis formam similis, sed differt elytris apice suturali spinoso interstitiisque simplicibus. Tarsi omnes supra sulculati, postici sulculis approximatis. Brevius oblongo-ovatus; pubescenti-niger supra politus relucens, subtus cum pedibus partibus oris antennisque piceo-fulvis. Oculi valde prominentes. Thorax parvus cordato-quadratus, antice rotundatus, postice valde sinuatim mediocriter angustatus, angulis posticis rectis apice obtusulis, margine laterali aequaliter explanato-reflexo. Elytra disco posteriori depressa, apice oblique usque ad suturam sinuato-flexuosa, angulo exteriori distincto, suturali acute spinoso; striata prope apicem latius et profundius exarata, striis indistincte punctulatis, interstitiis planis. Episterna metathoracica valde elongata. Tarsi omnes sulculati posteriores supra carinulati, articulo 4.to breviter inaequaliter bilobato. — Long. 9 millim.

Karin Asciuii Ghecù alt. 1400-1500 m.; Karin Chebà alt. 900-1100 m.

286. Colpodes rufitarsis, Chaud., Bull. Mosc., 1850, I, p. 385.

(*Dyscolus,* id.); id., Ann. Soc. Ent. Fr., 1859, p. 351; id. ibid., 1878, p. 375.

Bhamò.

The single example agrees better with the description of a Singapore specimen of the species, originally described from a Sumatran one, than with the closely allied *C. obscuritarsis* (Chaud.) which is from Rangoon.

287. **Dicranoncus femoralis**, Chaud., Bull. Mosc., 1850, II, p. 393; id., Ann. Soc. Ent. Fr., 1878, p. 277.

Karin Chebà alt. 900-1100 m.; Karin Asciuii Chebà alt. 1200-1300 m.

I have compared the Burmese examples of the species with others from North India, Java and Japan and found no difference of the smallest importance between them.

288. **Arhytinus bembidioides**, Bates, Ann. Soc. Ent. Fr., 1889, p. 379.

Karin Chebà alt. 900-1100 m. Found also at Hue in Annam.

The setiferous pores of the surface of the head are remarkably large in this genus, and I take this opportunity of making clearer their position and number than I did in characterizing the genus. The anterior pair are situated near the angles of the epistome, the two posterior pair, which are the normal supra orbital pores or punctures, lie both close to the inner margin of the eye. The head is broad and remarkably short in front of the eyes with a steep convex declivity. The setae are very long and when abraded the pores appear umbilicated, or ocellated.

Subfamily **PERIGONINAE**.

289. **Perigona ruficollis**, Motschulsky, Bull. Mosc., 1851, IV, p. 506 (*Nestra* id.).

Bhamò. Found also in Ceylon and as a var. of smaller size (*P. nana,* Bates) at Penang and in Cochinchina.

290. **Perigona acupalpoides**, Bates, Trans. Ent. Soc., 1883, p. 264.

Karin Asciuii Ghecù alt. 1400-1500 m.; Karin Chebà 900-1100 m.; Tikekee (Pegu); Thagata and Meetan (Tenasserim). The upper surface is black, the elytra with a transverse basal spot between the 2.nd stria and the shoulders, and the sutural interstice from base to apex, red. In some examples, more or less immature, the thorax is red and the sutural red is suffused more or less over the surface of the elytra. The latter have the four inner striae more or less distinct, though broad and not sharply impressed. The frontal sulci are longer and broader than in other species, but shallow and in them is visible the usual sharp stria curving from the epistome to the inner margin of the eye, the sides of the forehead near the eye having a narrow obtuse carina. The species is widely distributed in Japan, under the bark of trees. The size varies from 3 to 4 millim.

291. **Perigona Beccarii**, Putzeys, Ann. Mus. Civ. Genova, XII, p. 732.

Karin Chebà alt. 900-1100 m.; Karin Asciuii Ghecù alt. 1400-1500 m.

Two specimens, agreeing perfectly with others I have examined from Ceylon and Hong Kong. I have not seen any from Borneo, the locality whence the specimens originally described were obtained.

292. **Perigona bigener,** n. sp.

Diploharpo mexicano (Chevr.) similis etsi minor. Caeteris speciebus hujus generis latior et magis ovata. Parum convexa, nigra politissima, antennis, partibus oris pedibusque rufotestaceis. Sulci frontales parum impressi, obliqui, striaque oblique usque ad oculi marginem ducta. Thorax magis transversus et postice minus angustatus, antice usque ultra medium leviter rotundatus, angulis posticis paullo elevatis, subrectis sed basi utrinque versus angulum obliquatus; basi supra, versus angulos, late concavus. Elytra late oblongo-ovata, striis 1-3 perparum impressis, poro-setifero utrinque discoidali minutissimo; stria 8.va

integra et sicut in caeteris speciebus oblique et acute ad marginem apicalem prope suturam ducta. — Long. 4 $^1/_4$ millim.

Karin Ghecù, alt. 1300-1400 m.

There is only one example of this interesting species, which connects the two genera *Perigona* and *Diploharpus*. The palpi are those of a *Perigona* the terminal joints tapering from the apex of the penultimates to the acute apices. In *Diploharpus* although gradually attenuated, they are slightly fusiform near the base and the apex is obtuse.

Subfamily ODACANTHINAE

293. **Ophionea cyanocephala**, Fabr., Ent. Syst. Suppl., p. 60.

Rangoon; Minhla; Karin Asciuii Chebà alt. 1200-1300 m.; Bhamò; Tikekee (Pegu).

Found throughout S. E. Asia from Bengal to the lower Yang-tsze Kiang and Japan.

294. **Ophionea interstitialis**, Schmidt-Goebel, Faun. Birm. p. 20.

Rangoon; Mandalay. — Martaban (Schmidt-Goebel).

Found also in Ceylon, Java, Cambodia and Southern China.

295. **Ophionea nigrofasciata**, Schmidt-Goebel, Faun. Birm. p. 21.

Thagatà (Tenasserim); Palon (Pegu).

Occurs also in South East Borneo (Mr Doherty).

296. **Ophionea Bhamoensis**, n. sp.

O. nigrofasciatae simillima, sed differt capite et fascia elytro rum cyaneis nec nigris elytrorumque striis punctatis undique conspicue impressis: Capite postice distincte convexiori. Elytra sicut in *O. nigrofasciata* rufa albo-bimaculata, fascia mediana lata. — Long. 8 millim.

Bhamò.

Can scarcely be more than a well-marked local variety of *O. nigrofasciata*.

297. Casnonia pilifera, Nietner, Ann. and Mag. Nat. Hist. (3) II, p. 179.

Bhamò. — Ceylon (Nietner).

298. Casnonia opacipennis, Gestro, Ann. Mus. Civ. Genova, Ser. 2.ª VI, p. 107.

Bhamò.

299. Casnonia distigma, Chaud. Bull. Mosc., 1850, I, p. 26; *C. bimaculata,* Schmidt-Goebel, Faun. Birm., p. 18 (1846).

Kathà.

This species has been met with also in South East Borneo by M. Doherty.

300. Casnonia bimaculata, Kollar, in Hügel's Reise n. Kaschmir IV, p. 498, t. 23, f. 2 (1844).

Bhamò. North West India (Kollar) and Bengal.

301. Casnonia albicolon, n. sp.

C. fuscipenni (Chaud.) et affinibus differt capite post oculos triangulari, minus semiovato. Gracilis subviridescenti-nigra, antennis et pedibus fulvo-rufis; elytris utrinque versus apicem inter strias 3.ᵗᵃᵐ et 5.ᵗᵃᵐ macula ovato alba. Caput cum labro nigrum, laevissimum. Thorax capite multo angustior et paullo longior, fusiformis, antice paullo magis et longius quam postice gradatim angustatus, toto ruguloso-punctatus, subtus dense punctatus. Elytra tenue oblonga, grosse (postice subtilius) punctato-striata. — Long. 6 millim.

Karin Chebà, alt. 900-1100 m. A single example.

302. Casnonia graciliceps, n. sp.

C. liturae (Schm-Goeb.) quoad colores et signaturas similis, sed valde differt capite postice longe triangulariter elongato. Sat elongata fusco-nigra aenescens, antennarum articulis 1-3, palpis basi, pedibusque rufo-testaceis, elytris apice et epipleuris maculisque utrinque duabus magis distinctis, rufis. Caput gracile, postice triangulariter elongatum minus convexum, fronte plana grosse punctata. Thorax capite haud longior et parum angustior, versus basin latior deinde usque ad apicem gradatim mediocriter angustatus, basi parum constrictus, discrete grosse punctatus. Elytra punctato-striata. — Long. 6-6 1/2 millim.

Bhamò; Teinzò.

303. Casnonia xanthe, n. sp.

C. fuscipenni (Chaud.) proxime affinis, differt praecipue elytris fere dimidio apicali clare flavis. Brevis, nigro-aenea nitida, partibus oris, antennarum articulis 1-3 (caeteris fuscis) pedibus elytrisque plus quam triente apicali, flavo-testaceis. Caput ovatum, supra et subtus convexum, fronte (medio usque ultra oculos) grosse discrete punctata, postice laevissimum. Thorax capite haud longior et vix angustior, subovatus, antice paullo magis quam postice angustatus, grosse discrete punctatus, subtus dense punctatus. Elytra sat breviter oblonga, striato-punctata, interstitiis laevissimis planis, 3.^{io} punctis setiferis quinque, 5.to tres, maculae apicalis margine antico oblique usque ad triente basalem ascendenti, epipleuris et margine laterali humerum fere attingentibus. — Long. 6 millim.

Rangoon.

Among the numerous species and local subspecies allied to *C. fuscipennis* (Chaud.) the present appears to be most nearly allied to *C. haemorrhoidalis,* Motsch. from Tranquebar and Ceylon. If I have determined the species rightly it differs from *C. fuscipennis* Chaud., as it does from *C. flavicauda* (Bates), in the 5.th as well as the 3.rd elytral interstice having a row of setiferous punctures. In *C. flavicauda,* as in *C. fuscipennis* there are no punctures on the 5.th interstice. In *C. aegrota* (Bates) the alternate interstices from the 1.st (sutural) are all furnished with a row of these punctures.

Subfamily DRYPTINAE.

304. Drypta siderea, n. sp.

D. mandibulari (Lap.) affinis; cyanescenti-nigra obscura, elytris paullo nitidioribus, palpis et antennis fulvis, scapo dimidio apicali nigro-aeneo. Caput post oculos late tumidum, confluenter punctatum, media fronte longitudinaliter paullo elevata et fere laevi. Thorax sicut in *D. mandibulari* lateribus rotundato-explanatis, margineque denticulato, versus basin citius sinuatim angustatus, densissime confluenter-punctatus. Elytra basi quam in *D. mandibulari* conspicue angustiora, postice sat ampliata, late striata striisque transversim punctatis, interstitiis convexis, angustioribus medio laevibus. — Long. 13 millim.

Karin Chebà, alt. 900-1100 m.

There is one example only of this fine and apparently distinct species, which has no very near ally, as far as I know, except the Bornean *D. mandibularis*. Compared with a single example of this latter (received from Banjermassin) it is clearly distinct in the dark brassy-blueish black colour of the body (above and beneath) and the legs, the palpi and antennae (apical half of scape excepted) being tawny-reddish, the mandibles and other parts of the mouth being piceous-black. The thorax is rather more broadly rounded than in *C. mandibularis* and more abruptly narrowed near the base, and the elytra less quadrate-oblong, with the interstices narrower more elevated and smooth down the middle, the sides only having each an irregular row of punctures.

305. **? Drypta crassiuscula**, Chaud., Bull. Mosc., 1861, II, 60. Schwegoo.

One example only; agreeing perfectly with the description above-cited except in its rather larger size, and the black colour of the apex of the femora extending to the tibiae and tarsi. If it were not for the broader, densely-punctured elytral interstices I should have been inclined to consider it a variety of *D. Feae*, the form of the head and thorax being precisely the same as in that species.

306. **Drypta lineola**, Dej., Sp. Gen. I, p. 184; Chaud., Bull. Mosc. 1877, I, p. 262.

Rangoon; Senmigion; Karin Asciuii Chebà 1200-1300 m.; Karin Chebà 900-1100 m.

Nearly all the specimens resemble *C. virgata* (Chaud.) the common form of the Yang-tsze valley, in which the tawny-red discoidal vittae of the elytra meet on the suture near the apex and reach the apex; but examples occur in which the vittae do not quite meet, being separated by the brassy-black sutural vitta narrowed at that part to the 1.st interstice. This confirms Chaudoir's supposition (loc. supr. cit.) that *D. virgata* is only a variety of *D. lineola*.

The colour of the legs is very variable; in extreme cases all the tibiae and tarsi are brassy-black.

307. **Drypta aeneipennis**, Bates, Ann. Mus. Civ. Genova (2), VII, p. 109.
Bhamò.

308. **Drypta fimbriata**, n. sp.
Quoad formam *D. lineolae* similis sed multo minus convexa. Rufo-testacea violascens, elytris limbo lato laterali viridi-aeneo; scapo apice femoribusque dimidio apicali fusco-cyaneis (tibiis et tarsis interdum obscuris). Caput paullo sparsim punctatum, vertice convexo, genis post oculos parvis postice angustatis. Thorax medio paullulum rotundatus, prope basin sat profunde sinuatim constrictus, parum dense punctatus rugulisque nonnullis transversis. Elytra postice gradatim ampliata, minus convexa, punctulato-striata, interstitiis planis minute punctulatis; limbo laterali viridi-aeneo versus basin striam 5.^{tam} postice striam 4.^{tam} et angulum suturalem attingenti. Subtus rufo-testacea, abdomine (segmento basali excepto) viridi-aeneo. — Long. 9 millim.

Between Prome and Minhla; Teinzò.

There are two examples of this distinct and prettily-coloured species.

309. **Drypta?**
Karin Chebà.
A single example immature and species therefore doubtful.

310. **Dendrocellus Gestroi**, n. sp.

Nigro-cyaneus subviridis, palpis apice antennisque articulis
4-11 obscure fulvis, pedibus nigro-piceis femoribus basi rufis.
Caput minus convexum confluenter punctatum, genis post oculos
sat elongatis parum rotundatis, epistomate laevi cum mandibulis
piceo-rufo. Thorax elongatus, parte anteriori oblonga, lateribus
explanatis, haud vero denticulatis, a medio gradatim recte (prope
basin citius et sinuatim) angustatus, densissime confluenter
punctatus et rugulosus. Elytra convexa, postice ampliata apice
extus dentata, profunde punctato-striata, interstitiis sat angustis,
convexis, parum punctatis. Ungues longe pectinati. — Long.
10 millim.

Karin Chebà, alt. 900-1100 m.

311. **Dendrocellus longicollis**, Dej. Sp. Gen. Col. I, p. 185.

Thagatà (Tenasserim), Karin Chebà, alt. 900-1100 m.

312. **Galerita orientalis**, Schmidt-Goebel, Faun. Birm., p. 26.

Bhamò; Teinzò; Karin Chebà alt. 900-1100 m.; Thagata and
Mooleyit (Tenasserim) m. 400-500.

313. **Galerita Birmanica**, n. sp.

G. ruficeps (Chaud.), Bates, Ann. Mus. Civ. Gen., Ser. 2.ª,
VII, p. 10.

Bhamò.

I had determined this species as the *G. ruficeps*, Chaud. from
Northern India, but on again comparing the examples with
Chaudoir's description, important differences are noted which
lead me to conclude that the species is distinct. In the first place,
it is furnished with membranous wings, while Chaudoir says
of his *G. ruficeps* " aptère; " and there are slight differences in
coloration the antennae being concolorous red, the thorax black
both above and beneath, the head not being red over the
whole of the upper surface, the genae behind the eyes and the
flattened central carina of the front being black like the under surface. The legs are coloured precisely as in *G. ruficeps* viz.

femora yellow with the apices black, tibiae and tarsi reddish-brown rendered more rufous by the dense clothing of red hairs. The head is broadly rounded behind the eyes, and coarsely confluent punctate and setose, the central carina of the forehead (shining black and smooth) reaching to the level of the middle of the eyes. The thorax elongate subcordate, densely transverse punctulate-rugulose. — Long. 20 mill. ♀.

314. Galerita Feae, n. sp.

Nigra palpis et antennis obscure rufescentibus. Caput post oculos late rotundatum obtuse subquadratum, grosse confluenter punctatum, carina frontali laevi. Thorax relative valde elongatus, capite vix latior, antice leviter gradatim rotundatus postice longe sinuatus paullo angustatus, angulis posticis extantibus subacutis, dense plerumque confluenter punctatus. Elytra relative brevia sed haud angusta, basi angustiora humeris oblique rotundatis, postice gradatim leviter ampliata, carinata, interstitiis bicarinulatis et triseriatim punctatis. — Long. 20-23 millim. ♂ ♀.

Karin Chebà, alt. 900-1100 m.

315. Zuphium olens, Fab., Ent. Syst. I, 139; Schmidt-Goebel, Faun. Birm., p. 28.

Palon and Tikekee (Pegu); Bhamò.

This species extends, with no important modification, from Western Europe through Mesopotamia and India to Indo-China.

316. Zuphium bimaculatum, Schmidt-Goebel, Faun. Birm., p. 28.

Palon (Pegu).

317. Zuphium formosum, n. sp.

Z. olente (F.) major elytrisque latioribus, fulvo-rufum, elytris nigris macula utrinque rotundata antero-discoidali alteraque parva communi apicali fulvo-rufis. Caput punctulatum, nitidum, media fronte depressa. Thorax quam in Z. olente longior et magis cordatus, antice usque ultra medium rotundatus, postice fortiter sinuatus, angulis posticis exstantibus, dense punctulato-pubescens. Elytra elongato-subovata, humeris oblique rotundatis densissime punctulata et subtiliter pubescentia, striata, interstitiis undique paullo convexis. — Long. 10 $^1/_2$ millim.

Palon (Pegu).

In colour resembles, according to the description, *Z. erythrocephalum,* Chaud. but the size and the form of thé thorax and elytra are very different, Chaudoir implying that they are the same as in *Z. olens.*

318. Zuphium praestans, n. sp.

Magnum, depressum, fusco-nigrum, fulvo-pubescens, capite nigro-polito, partibus oris antennis et pedibus rufo-testaceis. Caput sparse punctulatum media fronte depressa. Thorax fere sicut in *Z. olente,* paullo magis elongatus. Elytra elongata, humeris obliquis, densissime et subtiliter punctulato-rugulosa, elytra distinctius striata. — Long. 10-11 millim.

Palon (Pegu).

319. Zuphium modestum, Schmidt-Goebel, Faun. Birm., p. 29.

Palon (Pegu).

Chaudoir records the species also from Northern India.

320. Zuphium piceum, Schmidt-Goebel, Faun. Birm., p. 29.

Palon (Pegu).

321. Zuphium inconspicuum, Schmidt-Goebel, Faun. Birm., p. 30.

Bhamò; Palon (Pegu).

Schmidt-Goebel gives a very accurate description of this small species, notwithstanding the damaged condition of his single example. It resembles (except in its smaller size) *Z. modestum* but is distinguishable by its shorter antennae and particularly the short 3.rd joint. The palpi also are remarkably short, the terminal joints appearing ovate but being in reality very obtusely and obliquely truncated.

322. Agastus lineatus, Schmidt-Goebel, Faun. Birm., p. 31.

Toungoo ; Palon (Pegu).

The individuals differ a little in the length of the quadrate 5.th -10.th antennal joints; they agree however in all other characters. Schmidt-Goebel thought that the genus belonged to the *Brachinus* group. It is however, widely-different, being closely allied to *Zuphium* and *Polystichus,* but especially to the American genus *Diaphorus* of the same subfamily.

323. Planetes bimaculatus, Macleay, Annulosa Javan., p. 28, t. 2, f. 3.

Karin Asciuii Chebà, alt. 1200-1300 m.; Bhamò.

Widely-distributed: Java, Sumatra, Assam, Japan.

Subfamily **PHYSOCROTAPHINAE**

324. Pogonoglossus validicornis, Chaud., Bull. Mosc., 1862, IV, p. 304.

Shwegoo; Meetan (Tenasserim).

Java (Chaudoir); found also in S. E. Borneo (Mr. Doherty) and Assam (Mr. Chennell).

325. Pogonoglossus carinipennis, n. sp.

P. validicorni quoad formam et colores similis sed valde differt elytrorum interstitiis nonnullis alte carinatis. Elongatus nigro-fuscus nitidus, minus dense pubescens; palpis antennis et pedibus rufo-testaceis. Caput vix diversum: post oculos sulcato-constrictum, genis subangulatim dilatatis et penicillatis; fronte et vertice sparsim grosse punctatis, septo inter foveas frontales magnas subcarinato. Thorax paullo angustior, antice subito valde rotundato-dilatatus postice profunde curvatim sinuatus angulis posticis exstantibus acutis (basi utrinque longe obliquato) anticis porrectis subacutis; margine laterali altius explanato-reflexo rufescenti, medio longitudinaliter late et profunde sulcatus in sulci fundo linea dorsali impressa; sparsim punctulatus. Elytra punctulato-striata interstitiis punctulatis alternatim latioribus, 5.to a basi usque ad apicem alte et acute carinato, 1.mo 3.^{io} et 7.mo angustioribus paullo convexis prope basin solum acute carinatis: apice membranaceo-marginata, basi tantum apud humeros rotundatos marginata, margine cum carinae interstitii 5.^{ti} basi confluenti. Pedes hirsuti; tibiae omnes longitudinaliter plurisulculatae. — Long. 9-11 millim.

Karin Chebâ, alt. 900-1100 m.

Subfamily HELLUONINAE

326. **Acanthogenius Bensoni**, Hope, Col. Man. II, pp. 110, 160, t. 1, f. 5 (1838); — *quadrimaculatus,* Guér., Rev. Zool., 1840, p. 38; Chaud., Rev. et Mag. Zool., 1872, p. 17 (tir. à part).

Bhamò; Karin Chebâ, alt. 900-1100 m.

Found throughout India including Ceylon and Assam. The Burmese examples differ from typical specimens from Benson's collection only in the under surface being darker; the same variety occurs at Hong Kong.

327. **Acanthogenius infuscatus**, n. sp.

A. Bensoni affinissimus; major, palpis antennis tibiis, tarsis corporeque subtus (ventris apice rufo excepto) fusco-nigris. — Long. 16-18 millim.

Bhamò. Found also in Assam.

The difference between this form and *A. Bensoni* is very slight and it can only be viewed as an imperfectly segregated species. The form of the head (extremely short genae behind the prominent eyes) and thorax (prominent hind angles) and the form of the four yellow spots on the elytra are the same; as is also the strong punctuation, which on the elytra is biseriate anteriorly where the interstices are convex, smooth in the middle, and confused posteriorly where they are flat. It is, however, a larger insect and the elytra are relatively longer.

328. **Acanthogenius asteriscus**, White, Ann. Nat. Hist. XIV (1844) p. 422; — *crucifer,* Redtenb. Voy. Novara Col., p. 4, t. 1, f. 1.

Bhamò. A single example.

Originally described from Hong Kong; occurs also in Assam.

329. Acanthogenius trimaculatus, Chaud., Rev. and Mag. Zool. 1872, p. 15 (tir. à part.).

Bhamò.

Described by Chaudoir from an example from Dacca, which has the thorax testaceous yellow like the large spot on the head. In the single individual from Bhamò the thorax is black.

330. Creagris binoculus, n. sp.

C. asterisco subsimilis, niger fulvo-pubescens, elytris utrinque paullo ante medium macula majori rotundata flava; labro palpis tarsisque apicibus rufescentibus. Caput minus dense, discrete, punctatum genae post oculos magis rotundatae, labro longiori utrinque sulculo elongato marginali. Thorax latior, transversus brevis, antice latius rotundatus, postice sinuatus, angulis posticis denticulo acuto armatis, supra valde inaequalis, confluenter punctatus. Elytra elongato-oblonga, punctulato-striata, interstitiis antice paullulum convexis medio laevibus biseriatim-, postice planis bi- vel tri-seriatim punctatis. — Long. 15 millim.

Bhamò. Found also in the Khasia Hills ([1]).

The genus *Creagris,* Nietner, Chaudoir, is distinguished from *Acanthogenius* in nothing but the bilobed penultimate joint of the tarsi.

Subfamily **BRACHININAE.**

331. Pheropsophus infantulus, n. sp.

P. discicolli (Dej.) affinis, sed multo minor et gracilior. Niger politus, elytris fusco-nigris subopacis, macula utrinque discoidali plus minusve rotundata flava, interdum immaculatis; partibus òris antennis, pedibus, macula parva frontali et metasterno,

---

([1]) A closely-allied species is found at Sarawak. I describe it here to make known its differences from the Burmese insect: — **Creagris hamaticollis** — *C. binoculo* simillimus sed differt thoracis angulis posticis hamato-dentatis antice recurvis. Niger, nitidus erecte pubescens. Caput subdisperse punctatum, genis post oculos minoribus

flavo-testaceis, interdum obscure rufo-piceis. Caput ovatum, oculis parum prominentibus, laeve, collo punctulato-ruguloso. Thorax elongato-angustus, laevis, immaculatus, antice perparum rotundatus, postice longe sed paullo sinuato-angustatus, angulis posticis subacutis. Elytra brevia, convexa, versus basin gradatim angustata humeris obsoletis, costulis politis, interstitiis dense strigulosis subopacis. — Long. 10-14 millim. ♂ ♀.

Karin Chebà, alt. 900-1100 m.; Karin Asciuii Chebà, alt. 1200-1300 m.; Plapoo (Tenasserim).

A closely allied species or a local variety of this interesting little species occurs in Assam (¹).

332. **Pheropsophus Catoirei**, Dej. Sp. Gén. I, p. 301; Chaud. Monogr. des Brachinides (1876), p. 14.

Kachyen Cauri ; Teinzò.

A well-known Indian species which extends its range into Assam.

333. **Pheropsophus hilaris**, Fabr. Ent. Syst. Suppl., p. 56; Chaud., Monogr. des Brach., p. 15.

Bhamò. Common in India and Assam.

334. **Pheropsophus fuscicollis**, Dej., Sp. Gén., I, p. 306; *ambiguus,* id., ibid., p. 304 ; *interruptus,* id., ibid., p. 306 ; Chaud., Monogr. des Brach., p. 27.

Tenasserim (*P. fuscicollis*); Bhamò; Senmigion (var. *ambiguus*). Dejean and Chaudoir give Java as the chief, if not the only, locality of this species. I have, however, seen specimens of the

---

et multo minus rotundatis. Thorax sicut in *C. binoculo.* angulis posticis exceptis latius dentatis dentibus antice recurvis apice acutis. Elytra punctulato-striata, interstitiis medio usque ad apicem laevibus biseriatim punctatis: macula flava anterodiscoidali minus rotundata antice lobulata. — Long. 14 millim. Hab. Sarawak, Borneo.

(¹) **Pheropsophus nanodes**, n. sp. — *P. infantulo* differt solum capite breviori oculis conspicue magis prominentibus, macula frontali flava inter oculos magna quadrata antice usque ad labrum continuata, thorace utrinque macula flavescenti discoidale: metasterno prosternoque medio, flavis; caetera omnino sicut in *P. infantulo.* — Long. 9 millim. Sadiya, Assam.

typical form (as regards the median fascia) from Ceylon and the var. *ambiguus* appears to be common in Assam.

335. Pheropsophus consularis, Schmidt-Goebel, Faun. Birm., p 75.

Bhamò ; Karin Chebà, alt. 900-1100 m.

Exhibits the same range of variety in markings as *P. fusci-collis,* the median fascia of the elytra being narrow and zigzag or broader and less dentate, while the thorax, normally with two yellow vittae is sometimes wholly black. In all its varieties the species is distinguishable by its elongate and nearly parallel-sided thorax. It is found also in Assam. The *P. stenoderus,* Chaud. is almost certainly the same species, as the describer himself indicated.

336. Pheropsophus picicollis, Chaud., Monogr. des Brach., p. 34. Bhamò; Karin Chebà, alt. 900-1100 m. ; Palon (Pegu).

Recorded from Rangoon and Siam by Chaudoir. It occurs also in Assam. Bhamò examples agree closely with those from Assam, but those from Karin Chebà recede somewhat from the type form in the sides of the neck as well as the lateral margin of the forehead and epistome being yellow and in the anterior part of the epipleurae having no trace of yellow streak.

337. Pheropsophus sp.?
Moulmein. One example.

338. Pheropsophus agnatus, Chaud. Monogr. des Brach., p. 33. Teinzò ; Malewoon (Tenasserim).

The two examples agree with numerous individuals with which I have compared them from Fu-chau, Hong Kong and Formosa, and with Chaudoir's description made from a specimen from Chusan. The only difference I remark is that the black spot of the vertex is not narrowed behind to a point; but it differs much in the two specimens. The species is found also at Sarawak.

339. **Pheropsophus marginalis**, Dej., Sp. Gén., I, p. 310; Schmidt-Goebel, Faun. Birm., p. 74; Chaud., Monogr. des Brach., p. 24.

Malewoon (Tenasserim). One example only.

The metropolis of this variable species appears to be Cochin China where it is apparently common and very inconstant in the black markings of the upper surface.

340. **Brachinus caligatus**, Bates, Ann. Mus. Civ. Gen., Ser. 2.ᵃ, VII, p. 109.

Bhamó.

This fine species answers with singular exactness to Schmidt-Goebel's description, as far as colours and sculpture are concerned, to his *B. (Aptinus) melancholicus*. But it differs in being furnished with wings and the elytra consequently being broad at the base and with distinct shoulders; in short it has no resemblance of form to the genus *Aptinus*.

341. **Brachinus concinnus**, n. sp.

B. tetragammo (Chaud.) affinis, elytris breviter oblongo-ovatis. Flavus, elytris olivaceo- vel violaceo-nigris fulvo-pubescentibus opacis, macula (vel fascia) transversa mediana inter strias 2 et marginem apud 6.ᵗᵃᵐ plus minusve interrupta, alteraque apicali (apicem suturalem vix attingenti) flavo-testaceis, margine laterali, epipleuris (prope basin excepto) corporeque subtus toto flavo-testaceis. Caput impunctatum, thorax capite angustior, laevis vel parum conspicue punctato-pubescens, antice parum rotundatus postice leviter angustatus, prope basin sinuatus, angulis posticis rectis. Elytra late haud profunde striata, interstitiis obtuse convexis, minute granulatis. — Long. 7 millim.

Senmigion; Myenkyan; Rangoon.

The smoothness or punctuation of the thorax seems to be a variable character in this species.

342. **Brachinus flavicapillus**, n. sp.

A *B. tetracolon* (Chaud.) et affinibus differt thorace nigro-fusco. Quoad formam *B. dilatato* (Klug) simillimus, flavo-testaceus, thorace elytrisque nigro-fuscis illo interdum obscure flavo-marginato, his maculis utrinque tribus flavis 1.^{a} oblonga subhumerali inter strias 4.um et 7.^{am} basi haud attingenti, 2.^{nda} prope apicem, rotundata inter strias 2.^{am} et 5.^{am}, 3.^{ia} minori prope angulos apicales exteriores; epipleuris praecipue versus apicem et margine exteriori apicali rufescentibus. Caput sat elongatum, oculis magnis sed mediocriter prominentibus, laeve, punctis nonnullis praecipue postice sparsis. Thorax capite haud latior anguste cordatus angulis posticis subacutis, vage strigulosus basi utrinque sparse pilifero-punctato excepto, glaber, linea dorsali prope apicem et basin profundius impressa. Elytra oblonga, postice paullo dilatata, apice pilifero-punctato excepto, glabra; utrinque 8 costata (8.va antice obsoleta) costis parum acutis subnitidis, interstitiis opacis laevis, apud maculas solum transverse punctatis. Subtus fusco niger, medio (ventris apice excepto) rufo-testaceus. — Long. 11 $^1/_2$-13 millim.

Bhamò; Palon (Pegu).

343. Brachinus exquisitus, n. sp.

Gracilis, elytris oblongo-ovatis, glabris, apice pilifero-punctatis; capite postice thoraceque sparsim pilifero-punctatis, partibus oris antennis (articulis 2-4 nigro-fuscis exceptis) macula rotunda inter oculos pedibusque rufo-testaceis; elytris macula utrinque rotunda prope apicem inter strias 1 et 4 flavo-testacea. Caput ovatum, collo paullo post oculos constricto, media fronte politissima. Thorax capite haud latior, anguste cordatus, postice mediocriter sinuato-angustatus, angulis posticis subacutis. Elytra utrinque costis parum elevatis, subnitidis, punctulatis octo, 8.va antice perparum abbreviata, interstitiis fere laevibus opacis. Subtus fusco-niger prosterno medio rufo. — Long. 8 $^1/_2$ millim.

Teinzò. One example only.

344. Brachinus suturellus, Chaud., Monogr. des Brach. (1876), p. 59.

Rangoon. " North India " (Chaud.). One example agreeing well with Chaudoir's description.

345. **Brachinus evanescens**, n. sp.

B. armigero (Dej.) angustior, maculis elytrorum plus minusve obsoletis. Rufo-testaceus, elytris nigro-fuscis, macula sub-humerali indistincte delimitata, alteraque utrinque versus apicem irregulari, dentata inter strias 2-5, tertiaque parva fere obsoleta prope angulos exteriores apicales, flavo-testaceis, margine laterali anguste epipleurisque rufo-testaceis. Caput ovatum, vertice convexo laevi, postice cum thorace sparsim pilifero-punctato, polito. Thorax capite paullo angustior, anguste cordatus; prope basin sat profunde sinuatus, angulis posticis acutis. Elytra anguste oblonga, granulato-punctulato et fulvo-pubescentia, costis parum elevatis sed nitidis octo, subtus metasterno et abdomine lateribus et apice fusco-nigris. — Long. 7 millim.

Karin Asciuii Chebà, alt. 1200-1300 m.

346. **Brachinus puncticollis**, Schmidt-Goeb., Faun. Birm., p. 72.

Karin Asciuii Chebà, alt. 1200-1300 m.; Palon (Pegu); Kawkareet (Tenasserim).

Distinguished from *B. suturellus* (Chaud.) by its generally smaller size, narrower and anteriorly less rounded thorax and the narrower red sutural border : This border was somewhat vaguely described by Schmidt-Goebel; at the base it generally extends to and sometimes covers the 3.rd costa, rapidly narrowing it becomes confined to two costae and then to one only to near the apex where the red colour forms only a narrow edging to the suture; but it varies much and sometimes is confined to the sutural costa at the base and expands to two costae afterwards. The size of the insect varies from 5 1/2 to 7 1/2 millim.

347. **Brachinus clarescens**, n. sp.

B. puncticolli et *B. modesto* (Schm.-Gb.) affinissimus, ab ambobus differt elytris limbo lato apicali flavescenti. Rufo-testaceus fulvo-pubescens, elytris schistaceo-nigris, sutura antice limbo lato apicali epipleurisque postice (nec margine) flavo-testaceis. Caput medio impunctatum. Thorax capite paullo angustior anguste cordatus, antice leniter rotundatus, prope basin fortiter sinuatus, angulis posticis exstantibus; pilifero-punctatus sed nitidus. Elytra sat tenue oblonga, postice paullo dilatata, granulato·punctulata sed nitida, haud costata, striata, interstitiis mediocriter convexis et latera versus obsoletis: Sutura rufa plerumque basi interstitia 1-3 tegenti et postice gradatim angustata sed usque ad limbum pallidum apicalem interstitium 1.um totum tegenti. — Long. 4-5 $^1/_2$ millim.

Rangoon; Senmigion; Palon (Pegu).

348. **Brachinus modestus**, Schmidt-Goebel, Faun. Birm., p. 73; Chaud., Monogr. des Brach., p. 59.

Bhamò; Rangoon; Palon (Pegu).

349. **Brachinus circumtinctus**, n. sp.

Species distinctissima. Gracilis, flavo-testaceus nitidus, elytris cyaneo-nigris opacis, omnino tenue sed distincte flavo–cinctis. Caput subrotundatum, convexum, post oculos gradatim recte angustatum, collo supra transversim depresso punctulis nonnullis piliferis. Palpi articulo apicali gracile ovato acuminato. Thorax angustissimus, capite multo angustior, antice usque longe post medium perparum rotundatus, postice sinuatus et parum angustatus, angulis posticis acutis; pilifero-punctulatus sub-nitidus. Elytra anguste oblongo-ovata subtiliter alutacea et granulata, haud profunde striata, interstitiis parum convexis. Pedes graciles. Subtus testaceus immaculatus. — Long. 4 $^1/_2$-5 millim.

Senmigion.

350. **Brachinus intactus**, n. sp.

Quoad formam *B. crepitanti* similis. Rufo vel flavo-testaceus ventris marginibus infuscatis, elytrisque epipleuris exceptis fusco-nigris margine juxta scutellari rufo tincto. Caput post oculos minus angustatum, fronte laevi postice pluripunctatum. Thorax eapite haud latior, brevius cordatus, antice mediocriter rotundatus, prope basin fortiter sinuatus, angulis posticis exstantibus sed apice paullo rotundatis; sat dense pilifero-punctatus. Elytra punctulato-granulosa pubescentia, subopaca, costis parum elevatis vix nitidis — Long. 6-7 millim.

Rangoon; Palon (Pegu).

351. Brachinus ?

Moulmein. A single example of a doubtful species.

352. Brachinus sp. ?

Kawkareet (Tenasserim). One example.

353. Styphromerus fusciceps, Schmidt-Goeb., Faun. Birm. p. 73.

(*Brachinus* id.); Chaud., Monogr. des Brach., p. 82.

Shwegoo; Karin Chebà, alt. 900-1100 m.

Varies greatly in size, from 5 to 7 millim. As Chaudoir suspected, judging from the description only, the species is very closely allied to *S. dichrous* (*B. bicolor,* Boh.) from Hong Kong and a larger series of examples would probably decide that the two are not specifically distinct. I see no difference in the form and punctuation of the thorax.

354. Mastax rugiceps, n. sp.

M. pulchello (Dej.) affinis et similis; differt capite dense grosse striato elytrisque absque macula subapicali suturali. Rufo-testaceus, antennis (articulis basalibus exceptis) femoribusque apice fuscis, elytris fusco-nigris opacis, utrinque fascia basali curvata maculari (nec juxta scutellum lineam efficienti) maculaque po-'steriori laterali transversa testaceo-flavis. Caput sat robustum, postice infuscatum, fronte et vertice grosse striatis, spatio mediano angusto triangulari colloque laevibus, fronte anteriori laevi bisulcata; palpis pallide testaceis. Thorax subtiliter strigulosus vix nitidus, disco utrinque laeviori spatio parallelo inter lineas dorsales transversim striato. Elytra valde abbreviata (σ?) apice lata et late sinuato-truncata, haud sericea, erecte pilosa utrinque costis 4 paullo elevatis subnitidis, abdomen nigro-fuscum. — Long. 3 millim.

Prome ; Palon (Pegu). Two examples.

355. Mastax alveolatus, n. sp.

M. pulchello iterum affinis et similis, at differt inter alia interstitio elytrorum primo grosse alveolato. Rufo-testaceus, sparsim erecte pilosus, capite nigro-aeneo polito, antennis (articulis basalibus rufis exceptis), femoribus et tibiis apice tarsisque fuscis, elytris nigro-fuscis opacis (humeris interdum viridi-sericeis) utrinque fascia basali tenui curvata (prope scutellum linea efficienti et apud interstitium 2.[ndum] interrupta) fulvo-testacea maculaque rotunda posteriori laterali argenteo-alba. Caput laeve utrinque juxta marginem carinula ab occipite usque ad epistomatem ducta, fronte anteriori (juxta carinulam) vage sulcata. Thorax anguste cordatus, politus, juxta marginem apicalem longitudinaliter breviter striatus, spatio parallelo inter lineas dorsales polito. Elytra postice mediocriter dilatata, apice recte minus late truncata, utrinque costis plerumque testaceis quatuor, interstitio lato inter costam primam (suturalem) et secundam, costulas transversas grosse alveolato. — Long. $2 \frac{1}{2}$-3 millim.

Palon (Pegu).

356. Mastax carissimus, n. sp.

M. pulchello affinis sed valde differt thorace cyaneo-nigro polito etc. Niger, capite et thorace subcyaneis, elytris opacis humeris viridescentibus, antennis fuscis, articulis basalibus rufo-testaceis, palpis pallidis articulis apicalibus nigro-fuscis, pedibus flavo vel albo testaceis femoribus tibiis et tarsis apice fuscis. Caput dense multistriatum, collo et occipite medio laevibus politis. Thorax medio convexus laevis politus, limbo apicali longitudinaliter striato, basi depresso ruguloso, linea dorsali impressa carinulis dorsalibus obsoletis. Elytra brevia postice rotundato-dilatata, apice late sinuato-truncata, angulis exterioribus acutis; utrinque costis subnitidis parum elevatis quatuor, inter costam 1.[am] et 2.[ndam] costulis transversis nonnullis irregularibus; utrinque fascia basali arcuata paullo undulata, integra, fulvo-testacea, maculaque rotundata laterali posteriori alba. Antennae longiores, elytrorum dimidium superantes. — Long. $2 \frac{1}{2}$ millim.

Teinzò. One example.

357. **Mastax moestus,** Schmidt-Goebel, Faun. Birm., p. 70, t. 2, f. 3. Palon (Pegu). One example.

358. **Mastax Gestroi,** n. sp.

M. moesto (Schm.-Gb.) quoad thoracis sculpturam similis, sed species distinctissima. Niger, palpis et antennarum articulis basalibus (caeteris fuscis) rufo-testaceis, pedibus rufo-testaceis (tibiis pallidioribus) femoribus tibiis et tarsis apice fuscis; elytris utrinque fascia basali arcuata ad epipleuras continuata, fulvo-testacea, macula rotundata posteriori laterali alba guttulaque prope suturam flava. Caput strigulosum, spatio angusto mediano a collo usque ad epistomatem laevi et inter oculos linea impresso. Thorax anguste cordatus, postice subangulatim angustatus basi iterum dilatatus; subopacus, dense striatus prope basin punctato-rugosus, sulco lato dorsali fundo transversim ruguloso. Elytra oblongoovata postice truncata, opaca utrinque costis quatuor vel quinque subnitidis. — Long. 3-3 $^1/_2$ millim.

Karin Chebà, alt. 900-1100 m.

Subfamily ORTHOGONIINAE

359. **Orthogonius duplicatus,** Wiedm., Zool. Mag. I, III, p. 166 (*Carabus* id.); Bates, Ann. Mus. Civ. Gen., Ser. 2.ᵃ, VII, p. 110 (nec *O. duplicatus,* Dej. et Schmidt-Goebel).

Teinzò; Upper Burma; Thagatà; Tenasserim.

Wiedmann gives Java as the locality of the species, the description of which exactly fits the Burmese specimens, as well as others from South China and Sumatra. The *O. alternans,* Dej. Wiedm. was considered by Chaudoir as synonymous, but the descriptions of neither author seems to me to apply to *O. duplicatus,* Wiedm., they agree better with a species from Java which has the sixth elytral interstice much less densely punctured near the base.

360. **Orthogonius puncticollis,** Schmidt-Goebel, Faun. Birm., p. 57; *O. profundestriatus,* id., ibid., p. 58; *O. duplicatus,* Dej.,

Sp. Gén., I, p. 279 (nec Wiedm.); Chaud., Ann. Soc. Ent. Belg., XIV, p. 112.

Karin Chebà, alt. 900-1100 m.; Bhamò. Also Bengal and Cochin China.

The margination of the prosternum on which Chaudoir founds one of his principal subsections of the genus is clearly variable in this species. The apex of the prosternum has in many examples a sharply defined margin on the same plane as the surface of the prosternum, some have a similar margin lower down the declivous apex, in others the margin is ill-defined, and finally numerous individuals show no trace of margin. The series of specimens which I have studied from India and Burma, at the same time show no other important differences. The strength of the impressed strigae on the head and thorax varies much and often there are no traces of punctures on the latter. The size varies from 13 to 20 millim.

361. Orthogonius quadricollis, n. sp.

O. puncticolli (Wiedm.) affinissimus; differt praecipue thorace subquadrato. Elongatus nigro-nitidus, elytris thoracisque marginibus lateralibus castaneo-rufis. Caput haud diversum. Thorax latior, mox ab angulis anticis rotundato-dilatatus, a medio usque ad basin lateribus subparallelis; disco fere laevis, punctis nonnullis antice et postice perspicuis. Elytra sicut in *O. puncticolli* interstitiis aequalibus 3.^{io} 5.to et 7.mo sparsim subseriatim punctatis; apice sinuatim truncata, prope suturam oblique breviter trunculata angulo suturali dentiformi. Prosternum marginatum. Antennae thoracem paullo superantes. Tarsi articulo 4.to bilobato: ungues omnes pectinati. — Long. 17-19 millim.

Karin Chebà, alt. 900-1100 m.; Palon (Pegu).

Notwithstanding the different facies due to the subquadrate outline of the thorax (which is gradually and curvilinearly narrowed to the front in *O. puncticollis*) this form can scarcely be more than a modification of *O. puncticollis,* an example of which from Bhamò already shows a tendency to the more abrupt curvature behind the anterior angles.

362. Orthogonius ?

Bhamò. A single example.

363. Orthogonius Baconi, Chaud., Ann. Soc. Ent. Belg., XIV, p. 109.

Bhamò.

Two examples, agreeing fairly well with the above-cited description and presenting the same differences from *O. fugax* (Chaud.) from Southern India and Ceylon with specimens of which I have compared the Burmese insects; in these, however, the margin of the prosternum is not distinctly carried round the apex. Chaudoir's examples come from Bengal.

364. Orthogonius angulatus, Schmidt-Goebel, Faun. Birm., p. 58. Karin Chebà, alt. 900-1100 m. Two examples.

A species omitted from Chaudoir's " Essai Monographique. " It is of similar form to *O. puncticollis* but smaller and distinguishable at once by the very obliquely truncated elytra, the outer angle of the truncature slightly produced (broadly dentiform) the sutural angle acute. It does not come within any of Chaudoir's subdivisions of the genus but is nearest the group which includes *O. Hopei* and *O. acrogonus,* being distinguished from it by the elongated antennae. The elytral interstices 1-6 are of subequal width, the prosternum immarginate, the outer angle of the anterior tibiae produced, the fourth joint of all the tarsi bilobed and the claws pectinated. The depressions of the anterior part of the head which offer good specific characters in this difficult genus are very different from those of *O. puncticollis* and allies, the centre of the epistome having a large and deep fovea and the sides of the forehead being bi- or tricarinate and the frontal furrows broad, deep and rugose.

365. Orthogonius dispar, n. sp.

Elongato-oblongus subplanatus, nigro-fuscus, elytris sericeo-nitentibus, partibus oris, antennis, thoracis lateribus, corpore subtus et pedibus testaceo-rufis, prosterno metasternoque lateribus interdum fuscis. Antennae capite cum thorace longiores. Tarsi postici graciles, articulo 4.to angusto, sat profunde emarginato, nec bilobato; ungues pectinati; tibiae antice extus apice haud acute productae. Thorax brevis et latus, lateribus aequaliter rotundatis, angulis posticis obtusissimis, subtiliter rugulosus, lateribus explanato-reflexis. Caput intricato-rugulosum, fronte antice cum epistomate laevi, sutura frontali utrinque abbreviata et in foveam desinenti. Elytra plana disco utrinque longitudinaliter depresso, apice oblique truncata, angulo exteriori rotundato, suturali oblique et obtuse truncato, angulo suturali recto; punctulato-striata, interstitiis subtiliter alutaceis, alternatim plus minusve angustioribus, 1.mo 3.^{io} 5.to et 7.mo sparsim punctulatis. Prosternum marginatum. Ventris segmento apicali medio angulariter emarginato.

♂. Gracilior, thorace paullo angustiori, pedibus magis elongatis femoribusque latioribus, antennis capite cum thorace dimidio longioribus.

♀. Latius elongato-oblongus thoraceque latiori; pedibus minus elongatis femoribusque haud incrassatis, antennis distincte brevioribus. — Long. 10-14 millim. ♂ ♀.

Karin Chebà, alt. 900-1100 m. Thagatà (Tenasserim).

The only described species allied to the present are *O. insularis* and *Mouhoti* Chaud., which appear to be distinguished *inter alia* by the different form of the apex of the elytra.

366. Orthogonius ?

Karin Chebà. A single ♀ example, allied to *O. dispar*.

367. Orthogonius ?

Tikekee (Pegu). A single example, indeterminable.

368. Orthogonius rufiventris, n. sp.

O. fugaci (Chaud.) affinis: multo major elongato-oblongus paralleliformis, supra fusco-niger, subtus cum antennis, partibus oris pedibusque (mandibulis obscuris), testaceo-rufus. Caput punctatum vix rugosulum, sutura frontali sulciformi utrinque

abbreviata et in foveam desinenti. Antennae thorace paullo longiores. Thorax valde transversus medio elytris vix angustior,
lateribus arcuatis antice magis quam postice convergentibus,
angulis posticis rotundatis sed distinctis, margine laterali explanato-reflexo, rufo; undulato-strigosus, sparsim vix distincte punctulatus. Elytra comparate elongata, parallela, obtuse suboblique
truncata, punctulato-striata, stria 3.^{ia} basi intus curvata, interstitiis parum convexis 2-6 subaequalibus, 1.mo 3.^{io} 5.to et 7.mo
sparsim punctulatis (interdum interstitiis omnibus punctulatis).
Prosternum acute marginatum. Tibiae antice apice extus productae. Tarsi articulo 4.to bilobo, unguibus pectinatis. — Long.
13-17 millim.

Karin Chebà, alt. 900-1100 m.

The species may probably be the same as *O. sulcatus* (Schm.-
Gb.) but among the numerous examples all ♀ there is none so
small (5 ½ lines). The size of nearly all is between 15 and 17
millim. only one being 13 millim.

369. **Orthogonius apiculatus**, n. sp.

O. Hageni (Oberthür) affinis et similis; differt thoracis lateribus angustius explanato-dilatatis et minus laevibus. Late oblongus, niger elytris sericeo-subopacis. Caput valde vermiculato-
rugosum, sutura frontali utrinque abbreviata et in foveolam
desinenti. Antennae capite cum thorace multo longiores. Thorax
brevis et latus, antice haud magis quam postice angustatus,
lateribus aequaliter rotundatis, margine laterali mediocriter
explanato-dilatato, transversim ruguloso, angulis posticis obtusissimis, minus tamen quam in *O. Hageni* rotundatis. Elytra sat
breviter et late oblonga, apice oblique obtuse truncata, prope
suturam sinuata, anguloque suturali plus minusve acute dentato;
punctulato-striata, striis paullulum convexis, 2-6 aequalibus, 3.^{io}
5.to et 7.mo sparsim seriato-punctatis. Prosternum marginatum.
Tarsi postici articulo 4.to vix bilobato, potius profunde emarginato. Tibiae anticae apice extus haud acute productae. — Long.
17-19 millim.

Karin Chebà, alt. 900-1100 m.

In the example of *O. Hageni,* for which I am indebted to
M. Ritsema, the apex of the elytra has a slight sinuation near
the suture and an obtuse tooth at the sutural angle; the elytral
sculpture is the same as in *O. apiculatus,* but the explanated
margin of the thorax is double the width that it presents in
that species. The apex of the elytral suture is not obliquely
truncated but quite straight. The species, as also *O. Hageni,*
belongs to the small group of Chaudoir's Monograph, which
includes *O. insularis* and *Mouhoti.*

Subfamily MASOREINAE

370. **Masoreus** (*Æphnidius*) **adelioides**, Macleay, Annul. Javan.,
p. 23, t. I, fig. 7; Schmidt-Goebel, Faun. Birm.. p. 88; Chaud.,
B. M., 1876.

Bhamò; Rangoon; Karin Chebà 900-1100 m.; Shwegoo;
Toungoo.

A species of wide distribution and varying somewhat in size,
colour of legs and antennae and in the degree of obtuseness
of the hind angles of the thorax. I have examined specimens
from Java, N. W. Australia, Cochinchina, Bengal and Japan,
as well as the numerous series from various localities in Burma.
The original Javan type is distinctly shorter, the elytra more
tesselated with sericeous spots and the hind angles of the thorax more distinct than in any of the others, but a N. W. Au-
stralian example and others from Saigon nearly approach it in
these respects. The Japanese form is nearly as briefly oblong
as the Javanese but is distinguishable by its decidedly shorter
antennae. In Burma the species is as a rule more elongate-
oblong, with often a brassy tinge and reddish antennae and
femora, the sericeous spots of the elytra visible chiefly near the
apex. Similar examples occur also at Saigon and in fact all
gradations exist.

371. **Masoreus** (*Æphnidius*) **fuscipennis**, Schmidt-Goebel, Faun.
Birm., p. 89.

Bhamò ; Shwegoo ; Kawkareet.

The examples are black, without lighter brown margins to the thorax and elytra as described by Schmidt-Goebel, and the tibiae are more or less black. In all other respects they agree with the description.

372. **Masoreus** (*Æphnidius*) **simplex**, Schmidt-Goebel, Faun. Birm., p. 89.

Bhamò ; Senmigion ; Palon (Pegu).

373. **Masoreus** (*Æphnidius*) **submaculatus**, n. sp.

Parvus sericeo nitens nigro-fuscus, antennis partibus oris pedibusque pallide testaceis, thorace rufo-testaceo, elytris maculis vagis duabus (altera subhumerali altera obliqua prope apicem submarginali) sordide fulvis. Thorax fere sicut in *M. adelioides* valde transverso, angulis posticis obtusis, distinctis, lateribus arcuatis. Elytra striis minime impressis, exterioribus obsoletis, interstitio tertio impunctato. — Long. 3 $^1/_2$ millim.

Palon (Pegu). A single example.

Resembles *Caphora humilis,* (Schm.-Goeb.) and I should have taken it for a large individual of that species, had I not convinced myself that the mentum was without tooth as in *Masoreus;* it being toothed in *Caphora.*

374. **Masoreus ?**

There is also in the collection a *Masoreus* (?) apparently near *M. orientalis* but probably generically distinct. It is a ♀ and cannot be therefore satisfactorily determined.

375. **Anaulacus fasciatus**, Schmidt-Goeb., Faun. Birm., p. 89. Karin Ghecù, alt. 1300-1400 m.

One example, exactly conformable to Schmidt-Goebel's description.

376. **Anaulacus quadrimaculatus**, Schmidt-Goeb., Faun. Birm., p. 90, tab. III, f. 7.

Karin Chebà, alt. 900-1100 m.

One example, agreeing perfectly with the above-cited description. Chaudoir was very far wrong (Bull. Mosc., 1876, p. 25) in supposing this species to be the same as *A. fasciatus*. It is much smaller, narrower and less convex, and the elytra are obliquely and rectilinearly truncated at the apex, not sinuated or flexuous-truncated as in *A. fasciatus*. The surface of the elytra is not sericeous-opake but slightly shining.

Subfamily **COPTODERINAE.**

377. **Brachichila rugulipennis**, n. sp.

B. hypocritae (Chaud.) valde affinis et similis, at differt elytrorum interstitiis transversim rugulosis. Elongato-ovata piceofusca parum nitida, palpis, antennis, pedibus, thorace margine laterali elytrisque utrinque maculis rotundatis duabus ($1.^{ma}$ subhumerali inter strias $3.^{iam}$ et $8.^{vam}$, $2.^{nda}$ subapicali inter suturam et striam $4.^{tam}$) aurantiaco-flavis, epipleuris piceo-rufis. Caput et thorax subtilissime alutacea subopaca, illo breviter ovato oculis mediocriter prominentibus, laeve frontis margine absque striis, hoc paullo transverso medio angulatim mediocriter dilatato, postice leviter sinuato angulis posticis rectis (sed apice rotundatis) margine laterali explanato-reflexo et sat late aurantiaco. Elytra ovata sat convexa punctulato-striata interstitiis undique convexis sat nitidis transversim striatis, $3.^{io}$ conspicue tripunctato (puncto $1.^{mo}$ prope basin, $2.^{ndo}$ post medium, $3.^{io}$ paullo ante apicem). — Long. 6-7 millim.

Thagatà (Tenasserim); Palon (Pegu).

The only other species known (*B. hypocrita*, Chaud.) from Hong Kong is described by Chaudoir has having the elytral interstices " très finement chagrinés s'applanissant en arrière " with only one dorsal puncture near the apex. In nearly all other respects *B. rugulipennis* corresponds with his description.

378. **Thyreopterus impressus**, Schmidt-Goebel, Faun. Birm. p. 80.

Karin Chebà, alt. 900-1100 m.; Karin Ghecù alt. 1300-1400.

Two examples, agreeing very well with Schmidt-Goebel's description in regard to the remarkable form of the thorax, which is broader behind than before, with porrected anterior, and rectangular hind, angles, and in the two depressions on the sides of the elytra. The margin of the elytra has no trace of denticulation, and the eyes are only moderately prominent; but the species has not the facies of those which constitute the restricted genus *Thyreopterus* in Chaudoir's monograph.

379. **Sinurus opacus**, Chaud. Ann. Soc. Ent. Belg. XII, p. 130.
Palon (Pegù).

The species has been previously recorded only from Sarawak (Borneo).

380. **Sinurus nitidus**, n. sp.

S. opaco paullo minor, niger nitidus, elytris subtilissime alutaceis, antennis partibusque oris melleo-rufis, genubus tarsisque obscure fulvo-piceis. Caput breve mox post oculos et cite angustatum subtilissime alutaceum, fronte juxta oculos pluristriata; oculis valde prominentibus. Thorax quam in *S. opaco* brevior magis cordatus angulis posticis haud porrectis lateribus antice rotundatis apud porum setiferum anteriorem leviter angulatis, postice sinuatis angulis posticis obtusis (margine basali versus angulos obliquato), margine laterali explanato-reflexo, postice altiori; supra subtilissime strigulosus. Elytra breviter oblonga (angulis rotundatis) apice sinuato-truncata apice suturali subrotundato; subpunctulato-striatis, interstitiis convexis, 3.[io] post medium bipunctato; margine laterali explanato reflexo, rufescenti. Subtus medio piceo-fulvus. — Long. 8-9 millim.

Karin Chebà, alt. 900-1100 m.; Asciuii Chebà, 1200-1300 m.; Karin Ghecù, 1300-1400 m.

The tarsal claws have four denticulations at their base, as in *Sinurus opacus;* but the lateral margin of the elytra bears no trace of denticulation.

381. **Sinurus graciliceps**, n. sp.

S. nitido valde affinis, sed conspicue differt capite thoraceque multo angustioribus oculisque minus prominentibus. Niger, politus nec alutaceus, partibus oris antennis genubus et tarsis melleo rufis. Caput fere sicut in *Thyreoptero flavosignato* collo angusto, fronte subtilissime rugulosa juxta oculos unistriata. Thorax haud cordatus, paullo ante medium angulato-dilatatus, ante angulum parum curvatim angustatus angulis anticis porrectis, post angulum sinuatim magis angustatus, angulis posticis valde obtusis cum margine laterali explanato reflexis; supra laevis. Elytra truncata parum sinuata, angulis suturalibus fere rectis; fortiter striata, interstitiis convexis politis tertio versus apicem bipunctato. — Long. 8 millim. ♀.

Karin Ghecù, alt. 1300-1400 m. One example only.

The bases of the tarsal claws within have a few fine denticulations as in *S. opacus* and *nitidus*.

382. **Peripristus ater**, Castelnau, Étud. Ent. p. 149 (*Thyreopterus* id.); Schmidt-Goeb., Faun. Birm., p. 79 (*Thyreopterus*); Chaud., Ann. Soc. Ent. Belg., XII, p. 136.

Karin Chebà, alt. 700-1100 m.; Shwegoo; Malewoon and Thagatà (Tenasserim).

A widely-distributed species; — Java, Sumatra, Malacca, Cambodia, Assam.

383. **Miscelus Javanus**, Klug., Jahrb. d. Ins., p. 82, t. I, f. 9. Bhamò.

The examples agree with others with which I have compared them, from Java, Penang, Cambodia and the Andaman Islands. The 5.th and 7.th elytral interstices vary in convexity in individuals from Java, but they are usually a little more convex and narrower in those from Andaman Islands and Burma.

384. **Miscelus unicolor**, Putzeys, Prémices Ent., p. 23; id., Ann. Mus. Civ. Gen., VII, p. 5.

Karin Ghecù, alt. 1300-1400 m.

The two examples agree with Putzeys description of the typical Javanese insect.

385. **Catascopus mirabilis**, n. sp.

Subaenescenti-niger, subnitidus; caput porrectum postice gradatim angustatum, oculis minus prominulis, fronte valde inaequali, punctato-rugosa, vertice medio uni- lateribus utrinque bicarinatis. Thorax capite vix latior subcordatus angulis posticis valde exstantibus, anticis acutis, dorso toto irregulariter tuberoso. Elytra convexa apice utrinque trispinosa, dorso carinulis plus minusve elongatis utrinque circiter 25, in fundis striis punctulatis plerumque obsoletis. Sterna medio pilosa, prosterno apice acuminato-recurvo. Mandibulae apice haud hamatae prope apicem (praecipue sinistra) late dentatae. Tibiae extus pluristrigosae.

♂. Tarsi antici articulis 1-3 paullo dilatatis subtus dense pilosis, squamisque intermixtis. — Long. 16-19 millim. ♂ ♀.

Karin Asciuii Chebà, alt. 1200-1300 m.; Karin Chebà, alt. 900-1100 m.

This extraordinary species is met with also in the valley of Assam. The multiform longer and shorter carinae of the elytra are the irregularly interrupted culminated interstices 1-7, in the sunken intervals between which traces of the fine punctulated striae are visible.

386. **Catascopus facialis**, Wiedm., Zool. Mag., I, 2, p. 165; Dejean, Sp. Gén. I, p. 329; Saunders, Trans. Ent. Soc. Lond. I, (3) p. 468.

Bhamò; Shwegoo; Palon; Malewoon (Tenasserim).

This species differs from others of the same subgroup (Elytris interstitiis 5 et 7 cariniformibus apiceque extus breviter acute dentatis et ad suturam productis apice bidenticulato-truncatis) by the rich violet colour of the middle part of the elytra and the hind angles of the thorax rectangular, not projecting. It is widely-distributed: — Bengal, Assam, Burmah, Malayan Peninsula, Philippines, Sumatra etc. The size varies from 11 to 15 millim. Colour varieties occur in the Assam valley in which the violaceous hue of the middle part of the elytra extends over the whole elytra, or, becoming rich purple (brilliantly metallic on the thorax) spreads over the whole surface of the body. The width of the 3.rd interstice and the depth and punctuation of striae 1-3 vary considerably.

387. **Catascopus regalis**, Schmidt-Goebel, Faun. Birm., p. 84.

Karin Asciuii Chebà; Thagatà (Tenasserim).

This fine species is met with also on the Naga and Khasia Hills and in the Andaman Islands. The thorax varies in colour from fiery-coppery to golden and blue-green.

388. **Catascopus violaceus,** Schmidt-Goebel, Faun. Birm. p. 82.

Kachyen-Cauri; Karin Asciuii Chebà, 1200-1300 m.; Karin Ghecù 1300-1500 m,; Karin Chebà 1000-1100 m.

I have seen many examples of this species from Assam and the Khasia Hills. Individuals with violaceous elytra, as described by Schmidt-Goebel appear to be in the minority in Burma, the more prevailing colour being blueish-black with greenish-blue border and some examples have brilliant-coppery head and thorax, the last-named approach *C. cyanipennis* (Chaud.) of Northern India, which cannot be more than a local colour variety of the species, having coppery head and thorax and indigo-blue, non-metallic, elytra.

389. **Catascopus cupreicollis**, Waterhouse, Trans. Ent. Soc. Lond., 1877, p. 1.

Thagatà (Tenasserim).

Var. *C. aeneus,* Motschulsky, Bull. Mosc. 1864, II, p. 303 (nom. praeocc.); *fuscoaeneus,* Chaud., Rev. and Mag. Zool. 1872, p. 32.

Bhamò.

There is no difference whatever except the blue-green head and thorax between *C. aeneus* (Mots.) and *C. cupreicollis*. *C. cupreicollis* appear to be an abundant insect in the Andaman Islands. *C. aeneus* (*fuscoaeneus,* Chd.) is found in the Malayan

Peninsula and Borneo. I hesitate to apply the appropriate name given to it by Chaudoir, although it has the priority. There is some doubt of the correct identification of Motschulsky's species.

390. **Catascopus elegans**, Fabr. Syst. El. I, p. 184; Chaudoir, Bull. Mosc., 1850, I, p. 90; id., Berl. Ent. Zeits., 1861, p. 120.

Var. *scintillans* = *C. elegans*, Schmidt-Goebel, Faun. Birm., p. 83. — A typo differt elytrorum interstitiis 7.mo et 8.vo intus carinatis et auratis, partim igneo-cupreis, striisque basi, et exterioribus totis, grosse crenato-punctatis; interstitiis 5.to vicinis paullo angustioribus. — Long. 9 millim.

Thagatà (Tenasserim).

The Var. *scintillans* is found also on the Khasia Hills and in the Andaman Islands, in the latter locality it is mingled with the type-form of *C. elegans*, as it occurs in Java. The sides of the elytra are more deeply sinuated in the middle and the margin more reflexed than is usual in the *C. elegans* of Java and Sumatra. The var. *amoenus* (Chaud.) forms the opposite extreme, the striae and their punctures being feebly impressed and the 7.th and 8.th elytral interstices being plane.

391. **Pericallus ornatus**, Schmidt-Goebel, Faun. Birm., p. 86. Karin Chebà, alt. 900-1100 m.; Karin Ghecù; Karin Asciuii Chebà.

392. **Coptodera interrupta**, Schmidt-Goebel, Faun. Birm., p. 53. Teinzò; Shwegoo; Palon (Pegu); Kawkareet (Tenasserim).

393. **Coptodera elegantula**, Schmidt-Goeb., p. 54; *C. interrupta* (Schm.-Goeb.) Chaud., Ann. Soc. Ent. Belg., XII, p. 194. Bhamò; Teinzò; Thagatà (Mt Mooleyit) 400-500 m.

Several examples agreeing perfectly with others from Ceylon, Malacca and Sumatra. Chaudoir gives also Borneo and Siam as localities. The true *interrupta*, Schm.-Gb. according to the description is a larger insect with the anterior elytral spot " ein grosser, querer zackiger Fleck " and the hinder spot much less flexuous.

394. Coptodera flexuosa, Schmidt-Goebel, Faun. Birm., p. 55.
Bhamó; Karin Ghecù, alt. 1300-1400 m.; Kawkareet (Tenasserim). Also found in Sumatra, Borneo and Celebes.

395. Coptodera piligera, Chaud., Oberthür, Col. Novit., p. 20.
Karin Ghecù, alt. 1300-1400 m.
A single example, agreeing with a specimen from Abbé David's collection, sent me by M. René Oberthür.

396. Mochtherus tetraspilotus, Mac Leay, Ann. Jav., p. 25
(*Dromius* id.) *tetrasemus* Dej. Sp. Gen. V. 448 (*Thyreopterus* id.);
angulatus, Schm.-Gb. Faun. Birm., p. 76; *quadrinotatus* Motsch.
Bull. Mosc. 1861, I, p. 106 (*Cyrtopterus* id.); Chaud. Ann. Soc.
Ent. Belg., XII, p. 241.
Karin Ghecù, alt. 1300-1400 m.; Teinzò; Palon (Pegu);
Thagatà (Tenasserim).
Recorded by Chaudoir as found also in Java, Borneo, South India and Ceylon; to these localities are to be added Sumatra and Andaman Islands. The size varies from 5 $^2/_3$ to 9 millim.

397. Dolichoctis rutilipennis, n. sp.
D. striatae (Schm.-Gb.) quoad thoracis formam similis. Multo major, nigra, elytris politissimis subviridi-relucentibus, palpis, antennis, thoracis margine laterali, elytrisque utrinque macula rotunda apicem versus inter strias 2.^{am} et 6.^{am} guttisque 1 vel 2 antero-discoidalibus, fulvo-rufis; femoribus rufis tarsis fulvo-testaceis. Antennae thorace parum longiores, articulis basalibus interdum fusco-maculatis. Caput subopacum laeve, oculis valde prominentibus. Thorax transversus, medio angulatim dilatatus, antice curvatim postice fere rectilineatim (minus quam antice) angustatus, angulis anticis paullo prominentibus apice rotundatis, angulis posticis fere rectis, margine laterali explanato-reflexo. Elytra ovata convexa, apice oblique sinuato-truncata, punctulato-

striata, interstitiis convexis, 3.^{io} puncto minuto unico: margine laterali reflexo rufescenti.

Karin Chebà, alt. 900-1100 m.; Karin Asciuii Chebà, alt. 1300-1400 m.

398. **Dolichoctis angulicollis**, Chaud. Ann. Soc. Ent. Belg., XII, p. 250.

Karin Chebà, alt. 900-1100 m.; Palon (Pegu); Meetan (Tenasserim); Rangoon (Chaudoir).

399. **Dolichoctis angusticollis**, n. sp.

D. rotundatae (Schm.-Gb.) affinis sed differt thorace angusto capite parum latiori etc. Fusco-nigra, palpis et antennis rufotestaceis fusco-maculatis pedibus rufis tibiis apice excepto fuscis, thorace elytrisque marginibus lateralibus rufis his utrinque maculis parvis duabus ejusdem coloris 1.ma a basi valde distanti inter strias 5.^{tam} et 7.^{mam}, 2.^{nda} apicem versus inter strias 2.^{am} et 5.^{am}. Caput et thorax sericeo-nitentia illo laevi stria unica juxta oculos his sicut in *D. rotundata* mediocriter prominentibus. Thorax angustus fere quadratus ante medium leviter angulato-rotundatus, ante angulum fere recte et parum angustatus, post angulum sinuatus haud minus quam antice angustatus, angulis anticis subporrectis posticis obtusis interdum fere rectis margine basali prope angulum plus minusve obliquato; margine laterali parum late explanato sed valde reflexo; supra subtiliter strigulosus, fovea utrinque basali distincte impressa. Elytra relucentia, minus late oblongo-ovata, convexa sinuato-truncata, striata interstitiis paullo convexis 3.^{io} post medium punctis minutissimis duobus.

Var. Elytrorum maculis majoribus 1.ma inter strias 4-8, 2.^{nda} sicut in typo. — Long. 5 $^{1}/_{2}$-6 millim.

Meetan and Moulmein (Tenasserim): *var.* Bhamò.

400. **Dolichoctis rotundata**, Schmidt-Goebel, Faun. Birm., p. 77 (*Mochtherus* id.); *ornatellus,* Bates, Trans. Ent. Soc. 1883, p. 282; id., Ann. Mus. Civ. Gen. (2), Vol. VII, p. III.

Teinzò: Shwegoo; Bhamò; Thagatà (Tenasserim).

Found also in the Andaman Islands and Japan. The thorax varies somewhat in width, individuals occurring in which it is broader and shorter with obtuser hind angles, than in others. The following might be considered only an extreme variety, if it were not for the difference in shape of the elytral spots.

401. Dolichoctis incerta, n. sp.

D. rotundatae valde affinis, oblongo-ovata elytrorum interstitiis planis etc. differt (1) oculis magis paullo prominentibus; (2) thorace transverso capite dimidio latiori, angulis posticis obtusis margineque laterali (latius explanato) ante angulos nullomodo sinuatis; (3) elytris utrinque maculis transversis valde dentatis duabus, prima (sat procul a basi) inter strias 3 et 7, secunda versus apicem curvata inter strias 2 et 8. — Long. 5 $\frac{1}{2}$ millim.

Kawkareet (Tenasserim). One example only.

The palpi and tibiae are tinged with dark-brown; but this coloration is seen also in many examples of *D. rotundata*, the typical state of which has testaceous yellow palpi and legs as well as antennae.

402. Dolichoctis iridea, n. sp.

D. tetracolon (Chaud.) similis et affinis sed differt elytris laete iridescentibus cyaneo micantibus profundiusque striatis. Fusconigra (thorace magis rufo) palpis, antennis, thoracis margine laterali, pedibus, elytrisque utrinque maculis duabus rotundatis (1.ma, humerum fere attingenti, inter strias 4-8, 2.^{nda} prope apicem inter strias 1-5) fulvo-rufis. Caput sericeo-opacum laeve, oculis valde prominentibus. Thorax paullo transversus, ante medium angulatim dilatatus, antice leviter curvatim mediocriter angustatus postice longe et fere recte (haud minus quam antice) angustatus, angulis anticis paullulum porrectis, posticis obtusis apice rotundatis; margine laterali late explanato-reflexis; supra indistincte strigosus nitidus. Elytra mediocriter convexa, fortiter striata interstitiis paullo convexis 3.^{io} punctis minutis duobus post medium. — Long. 5 $\frac{1}{4}$ millim.

Karin Chebà, alt. 900-1100 m.; Karin Asciuii Chebà, alt. 1200-1300 m.

403. Dolichoctis expansicollis, n. sp.

Fusco-nigra thorace castaneo-rufo margine lato laterali antennis palpis et pedibus (tibiis basi nigro-fuscis) rufo-testaceis. Caput ante oculos abbreviatum obtusum, alutaceo-opacum, striola acute utrinque juxta oculum, collo mox pone oculos gradatim angustato. Thorax latissimus antice profunde arcuatim emarginatus, lateribus valde rotundatis margineque latissime dilatato absque angulo, angulis posticis obtusis apice valde rotundatis; supra fere laevis. Elytra angustius oblongo-ovata convexa apice sinuato-truncata, striata, interstitiis paullulum convexis, 3.^{io} post medium punctis minutissimis duobus; margine laterali explanato rufescenti. — Long. 4 $^1/_4$ millim.

Bhamò; Karin Chebà, alt. 900-1100 m. Two examples.

In the form of the thorax it approaches the Ceylonese *D. vitticollis* (Bates).

Subfamily TETRAGONODERINAE

404. Tetragonoderus arcuatus, Dej., Sp. Gén., IV, p. 495; Chaudoir, Etud. Monogr. des Masoréides etc., p. 38.

Karin Chebà, alt. 900-1100 m.; Rangoon; Bhamò; Mandalay.

A widely-distributed species: — Morocco (Mogador), Egypt, Sennaar, Mesopotamia, India.

405. Tetragonoderus punctatus, Wiedm. Zool. Mag. II, I, p. 61 (*Bembidium*, id.); Dej., Sp. Gén. IV, p. 505; Schmidt-Goebel, Faun. Birm., p. 92; Chaud., Etud. Monogr. des Masoréides etc., p. 48.

Bhamò; Teinzò; Myenn Kyan.

406. Tetragonoderus rhombophorus, Schmidt-Goebel, Faun. Birm., p. 93.

Rangoon; Palon (Pegu).

407. **Tetragonoderus trifasciatus**, Chaud., Bull. Mosc., 1850, I, p. 455.

Teinzò; Kathà. " Northern India " (Chaud.).

408. **Tetragonoderus Cardoni**, Bates, Ann. Soc. Ent. Belg. XXXV, 1891, p. CCCXXXVIII.

Karin Asciuii Ghecù, alt. 1200-1300 m.; Palon (Pegu). Found also in Chota-Nagpore, Bengal, by Père Cardon.

Subfamily CYMINDINAE.

409. **Taridius Birmanicus**, n. sp.

Elongato-oblongo-ovatus subsericeo nitidus, glaber impunctatus, antennis palpis, pedibus, thoracis margine-explanato laterali elytrorumque vitta brevi subhumerali inter strias 4-8 postice intus maculae parvae antero-discoidali inter strias 2-4 conjuncta, apice lata et margine toto (prope scutellum excepto) fulvorufis. Caput latum, laeve, lateribus acute pluristriatis. Thorax late breviter cordatus prope basin sinuatus angulis posticis paullo exstantibus, supra undique transversim undulato-striatus. Elytra sinuato-truncata, acute striata striis antice evidenter punctatis, interstitiis alutaceis, 3.^{io} bipunctato, puncto primo longe ante, 2.^{ndo} longe post medium. — Long. 9 millim.

Teinzò; Karin Chebà, alt. 1300-1400 m. Two examples, females.

410. **Taridius opaculus**, Chaud., Gen. aberr. d. Groupe des *Cymindides*, 1875, p. 8 (Bull. Mosc. 1875).

Shwegoo; Bhamò. North India (Chaudoir).

Two examples, agreeing with Chaudoir's description except in the greater number of the striae on the sides of the forehead. It is larger than *T. Birmanicus* (10 $^1/_2$ m.) and differs in its concolorous elytra.

411. **Cymindoidea Boysi**, Chaud., Bull. Mosc. 1850, I, p. 50; Gen. aberr. d. Groupe des *Cymindides*, 1875, p. 11.

Kawkareet (Tenasserim).

One example which I cannot distinguish from specimens with

which I have compared it of *C. Famini* or *C. Boysi* (?) from Algiers, Cape Verde, Egypt, Hedjaz (Arabia) and Mesopotamia (Bagdad). Chaudoir gives India and Egypt as the localities of his *C. Boysi*.

412. Cymindoidea planulata, n. sp.

C. bufoni (Fab. Chaud.) similis sed valde differt elytrorum interstitiis (inter costas) planissimis et laevibus (alutaceo-opacis). Similiter elongata fuliginco-nigra opaca antennis palpis et pedibus rufo-testaceis. Caput latior genis post oculos late rotundatis colloque citius contracto. Thorax longior latior et planior, lateribus ab apice minime rotundatus sed subrecte angustatus, angulis posticis exstantibus subhamatis creberrime subtilius punctulatus rugisque grossis transversis. Elytra elongato-oblonga postice parum ampliata minus deplanata, apice profunde sinuata, omnino alutaceo-opaca nec granulata costis culminiformibus utrinque tribus laevibus, inter costas interstitiis planissimis bipunctato-striatis; costa 3.[ia] (exteriori) magis elevata striam 7.[am] includenti. — Long. 8 $^1/_2$ millim.

Palon (Pegu). One example.

413. Cymindoidea Indica, Schmidt-Goebel, Faun. Birm., p. 31

(*Cymindis* id.); *Guerini* Chaud., Bull. Mosc., 1850, I, 49 (*Cymindis* id.) id. Genres aberr. d. Groupe des *Cymindides*, p. 16 (*Cymindoidea* id.).

Bhamò; Shwegoo. Two examples.

Schmidt-Goebel was uncertain of the locality of his specimen whether Hindostan or Burma; Chaudoir gives the Nilghiris as that of his specimens.

414. Cymindis?

Plapoo (Tenasserim). A single example, genus indeterminable.

415. Metabletus subvittatus, n. sp.

M. mutabili (Reiche) affinis; rufo-testaceus, capite aenescenti-nigro, thorace castaneo-rufo marginibus lateralibus pallidis, elytris utrinque vittis castaneo-fuscis et rufo-testaceis alternatis, medio basi aenescenti-fusco hoc colore interdum postico plus minusve diffuso. Caput sicut in *M. mutabili* ovatum oculis magnis sed mediocriter prominentibus, laeve. Thorax transversus, capite paullo latior postice mediocriter angustatus, lateribus antice ro-tundatis, angulis posticis valde obtusis sed distinctis medio basi lobato-productus lateribus utrinque obliquatis, margine laterali praecipue postice explanato-reflexo. Elytra oblongo-ovata apice parum oblique sinuato-truncata, basi utrinque juxta scutellum depresso humeris rotundatis marginatis, striis interioribus vage impressis exterioribus obsoletis, interstitiis vix convexis 3.^{io} punctis minutissimis duobus. — Long. 4-4 $^1/_2$ millim.

Karin Asciuii Ghecù, alt. 1400-1500 m.; Bhamò.

416. Metabletus cymindulus, n. sp.

Praecedenti affinis, fusco-aeneus capite et thorace alutaceo-subopacis, elytris sericeo-nitentibus his signaturis sicut in spe-ciebus minoribus gen. *Apenes,* scilicet vitta abbreviata (marginem lateralem haud attingenti) macula parva antero-discoidali prope vittulae apicem, fasciaque undulata prope apicem suturam et marginem lateralem fere attingenti, flavo-testaceis; palpis an-tennis (articulis 1-2 clarius rufis) pedibusque sordide rufo-testaceis. Caput sicut in *M. mutabile* absque punctis et striis. Thorax capite paullo latior, transverso antice rotundatus, post medium sinuatus et paullo angustatus, angulis posticis obtusis sed paullo prominentibus, medio basi breviter lobato lateribus utrinque obliquatis, margine laterali tenuissimo prope angulos posticos tantum leviter explanato-reflexo. Elytra basi subtruncata humerisque multo obtusius rotundatis, apice sinuato-truncata; supra obsolete striatis interstitiis planissimis 3.^{io} conspicue bi-punctato. — Long. 3 $^1/_2$-4 millim.

Karin Asciuii Ghecù, alt. 1400-1500 m.; Karin Ghecù, 1300-1400 m.; Kathà.

417. Metabletus quadripunctatus, Schmidt-Goebel, Faun. Birm., p. 39.

Toongoo; Karin Ghecù, alt. 1300-1400 m.; Thagatà, M.ᵗ Mooleyit (Tenasserim).

Near Calcutta (Schmidt-Goebel). It is the only species of *Metabletus* (18 in number) known to me which has the sides of the forehead pluristriate. The hind angles of the thorax also are more produced and conspicuous (though obtuse-angled as Schmidt-Goebel accurately states) than in other species.

418. **? Blechrus inconspicuus**, Schmidt-Goebel, Faun. Birm., p. 41 (*Microlestes*, id.); *B. Annamensis*, Bates, Ann. Soc. Ent. Fr., 1889, p. 285.

Bhamò; Rangoon.

There are several examples of this species agreeing exceedingly well with Schmidt-Goebel's description, except that the head and thorax are not quite black, but have an aeneous tinge though much less strong than the elytra which have a pronounced and sometimes very clear olivaceous-brassy hue. The thorax is only slightly sinuate-narrowed behind, the outline being transverse quadrate-cordate. A single example from Rangoon has pale brown elytra. There is little else to distinguish the species from *B. glabratus* (Dufts.) except the contrasted colours of the femora and the tibiae (with tarsi) the latter being testaceous-brown whilst the femora are brassy-black; this latter character pointed out by Schmidt-Goebel leads me to identify the species with his. Some doubt, however, remains, as he omits all mention of the large exposure of the apex of the abdomen, unless his phrase elytra "stark abgestutzt" may be taken to mean the same thing. His name *Microlestes* (1845) would take priority over *Blechrus*, Motsch. (1847); but his description of the ligula and paraglossae does not accord with that given by Schaum for *Blechrus*.

419. Blechrus ?

Palon (Pegu).

A single example of a species closely allied to and doubtfully different from *B. inconspicuus*.

420. **Blechrus exilis**, Schmidt-Goebel, Faun. Birm., p. 42.
Bhamò; Rangoon.

One example agreeing exactly with the above cited-description. It is a much smaller insect (2 $^1/_4$ millim = 1 lin. Schm.-Gb.) the thorax distinctly narrower and the elytra and legs tawnybrown. The head is rapidly narrowed behind the eyes as in *B. inconspicuus*. In two others (one from Bhamò and one from Rangoon) the head is gradually narrowed behind the eyes and the elytra are darker, but still slightly piceous with a strong brassy tinge; I can detect very little difference, except the narrower thorax between these examples and *B. mauritanicus* (Luc.) from Algiers and Morocco.

421. **Celaenephes parallelus**, Schmidt-Goebel, Faun. Birm., p. 78, t. II, f. 5.
Tenasserim.

A widely-distributed insect in the Malayan and Australasian Regions — Siam, Malacca, Perak, Cambodia, Sumatra, Borneo, New Caledonia.

422. **Dromoceryx angularis**, Schmidt-Goebel, Faun. Birm., p. 41.
Plapoo (Tenasserim). One example; agreeing very well with the description.

The form of the thorax of the two species included by Schmidt-Goebel in *Dromoceryx*, appears to be very different. That of *D. angularis* is transverse-quadrate, with the base on each side strongly sinuate and oblique, the middle of the base forming a short lobe, as in *Metabletus* from which *Dromoceryx* can scarcely be separated generically.

Subfamily **DROMIINAE**

423. **Dromius alienus**, Bates, Ann. Soc. Ent. Fr., 1889, p. 285.
Karin Chebà, alt. 900-1100 m.

This interesting species is known also from the vicinity of Huè in Annam.

424. Dromius ?

Teinzò.

A single example of possibly a new genus of the *Dromiinae* group the determination of which is not praticable without dissection.

425. Demetrias Annamensis, Bates, Ann. Soc. Ent. Fr. 1889, p. 284.

Bhamò.

Two examples greatly differing in size $(4\,^1/_2\text{-}5\,^1/_2$ millim.). The specimens from Annam from which the species was described measured 4 mill. and differed besides in the fuscous suture extending before its termination after the middle to the 3.rd stria, in the Bhamò insects it reaches to the 2.nd only. The third elytral interstices has three setiferous punctures but the middle one is sometimes very small and scarcely visible.

426. ? Demetrias luridus, Schmidt-Goebel, Faun. Birm., p. 35. (*Peliocypas* id.).

Bhamò.

One example, which agrees with the above-cited description in all respects except the omission of the rather dense short pubescence which clothes the upper surface. This may have been abraded in the single specimen which served the author for his description or may have been overlooked.

I fail to detect the truncature of the labial palpi which Schmidt-Goebel gives as one of his chief distinctions of the genus *Peliocypas,* either in this or the other allied species found in Burmah and other parts of the Indo-Chinese peninsula which I have examined; the terminal joint is acuminate like that of the maxillary palpi and I therefore leave the species in the genus *Demetrias,* with which they appear to be closely congeneric.

Subfamily CALLEIDINAE.

427. Calleida sultana, n. sp.

C. femorali (Chaud.) proxime affinis, differt tantum coloribus: — elytris splendide aurato-viridibus versus suturam violaceis, pectore abdomine femoribus tibiisque (apice obscure rufo-exceptis) nigro-nitidis; antennis nigris articulis 1-2 rufis, palpis nigris basi et apice rufis, elytrorum epipleuris piceo-rufis; capite toto thoraceque supra (interdum infuscato) trochanteribus femoribusque 4 anterioribus basi rufis. Caput laeve. Thorax oblongo-quadrato-cordatus postice sinuatim mediocriter angustatus angulis posticis subrectis, margine laterali sat late explanato-reflexis; politus subtiliter vage rugulosus. Elytra anguste-elongata oblonga punctulato-striata, interstitiis subplanis 3.^{io} bipunctato, 1.mo paullo ante medium 2.^{ndo} versus apicem. Ventris apice ♂ uni- ♀ bipunctato. — Long. 11 millim.

Karin Chebà, alt. 900-1100 m.

Also found on the Garo Hills, alt. 2000' (Chennell).

428. Calleida excelsa, n. sp.

C. *latevittae,* Chaud., affinis et quoad formam simillima, at differt coloribus. Valde elongata, sublinearis; rufa, elytris vitta lata marginali viridiaenea, femoribus apice nigris, antennis rufo-piceis articulis 3-4 fere nigris 1-2 rufis. Caput laeve, post oculos rotundato-angustatum, collo fere subito constricto. Thorax capite paullulum latior, cordato oblongus, antice plus minusve rotundatus, postice sinuatus, mediocriter angustatus, angulis posticis subrectis, margine laterali anguste explanato-reflexo; supra vage transversim rugulosus. Elytra thorace paullo latiora valde elongata fere parallela, apice subrecte truncata, punctulato-striata, interstitiis fere planis undique subsparsim pilifero-punctatis, vitta laterali viridiaenea intus paullulum incurvata, medio a stria 4.ta usque ad 9.^{nam} prope basim et apicem usque ad striam 2.^{ndam} vel 1.^{mam}, extensa. — Long. 9 $^{1}/_{2}$-10 $^{1}/_{2}$ millim.

Karin Chebà, alt. 900-1100 m.; Senmigion.

Found also on the Naga Hills, alt. 3000' (Chennell).

429. Calleida Doriae, n. sp.

Elongato-oblonga, nigra polita elytris laete cyaneo-viridibus, metallicis, antennis articulo basali rufo. Caput laeve, post oculos citius rotundato-angustatum, collo subconstricto. Thorax capite latior, brevius cordato-quadratus, postice paullo sinuato-angustatus angulis posticis fere rectis, margine laterali late explanato, mediocriter reflexo intus discum versus sulculo margini parallelo; supra fere laevis. Elytra thorace plusquam duplo latiora, elongato-oblonga paullo convexa, apice sinuato-truncata angulo externo marginulo incrassato et angulato; striis subtilissime punctulatis, interstitiis paullo convexis laevibus. ♂ Tarsi duo antici articulis subtus dense pilosis 1-3 in medio utrinque uniseriatim squamulatis. Ventris segmentum apicale ♂ uni-♀ bi-punctatum. — Long. 13 millim. ♂ ♀.

Bhamò; one female example. A male example of the same fine species was taken by M.ʳ Chennell at Noa Dehing in Assam.

430. **Anchista binotata**, Dej., Sp. Gen. I, p. 252 (*Plochionus* id.) *discophora*, Chaud., Bull. Mosc. 1852, I, p. 48 (*Calleida* id.) *signifera*, Bates, Trans. Ent. Soc. 1873, p. 312 (*Paraphaea* id.).
Bhamò.
Found also in the Andaman Islands, India, Cambodia and Japan.

Subfamily **PHYSODERINAE**.

431. **Endynomena discoidalis**, n. sp.

Depressa piloso-punctata, rufo-castanea nitida, elytris nigris macula magna communi utrinque usque ad striam 5.ᵗᵃᵐ extensa basin apicemque haud attingenti, fulvo-rufa. Caput medio cum collo laeve fronte lateribus piloso-punctata; labro antice late emarginato. Thorax transversus mox pone collum late rotundato-dilatato (angulis anticis nullis) postice valde sinuatus, angulis posticis rectis subacutis, basi fere recte truncato utrinque versus angulum perparum obliquato; supra parum dense transversim rugulosus piloso-punctatus, margine laterali late explanato minime reflexo antice et apud angulos posticos ciliato, linea dorsali lata et profunda sulcisque intra marginem lateralem vagis duobus. Elytra breviter late oblonga fere plana disco anteriori (praecipue apud striam 4.ᵗᵃᵐ) depressa, striis punctulatis parum impressis interstitiis paullo convexis 3.^{io} prope apicem juxta striam 2.^{am} et 5.to prope basin unipunctatis. — Long. 9 millim.

Karin Chebà, alt. 900-1100 m. One example.

In the form of the palpi and other characters perfectly congeneric with *E. Pradieri* and *Lewisii*. *Plochionus fenestratus*, Schm.-Gb. appears to be another species of this genus.

432. Lachnoderma (?) biguttatum, n. sp.

Oblongo-subelongatum, parum convexum nigrum subnitidum passim sed haud dense piloso-punctatum. Caput post oculos prominentes cite angustatum, medio laeve, foveis frontalibus magnis grosse rugosis; labro apice medio elevato nec emarginato. Thorax valde transversus capite cum oculis dimidio latior margine antico subrecto angulis anticis nullis, lateribus antice late fere semicirculariter rotundatis, ante basin sinuatis angulis posticis exstantibus acutis; basi medio rotundato paullulum lobato, angulos versus recto haud obliquato; margine laterali late explanato subreflexo toto ciliato. Elytra quam in gen. *Endynomena* longius oblonga, apice recte truncata; supra sat grosse punctato-striata, interstitiis parum convexis, punctis dorsalibus nullis; utrinque macula rotunda aurantiaca prope apicem inter strias 1-4. Tarsi supra pilosi; ungues valde curvati dimidio basali dilatato et longe pectinato. Palpi maxillares apice dilatati oblique truncati, labialibus latius dilatatis fere securiformibus. Mentum valide dentatum. Subtus minus dense pilosum politum abdomine punctulato-strigoso. — Long. 10 millim.

Shwegoo. One example.

The form of the thorax is very similar to that of *Endynomena;* but the dilated maxillary palpi and the form of the labrum raised and arcuated in the middle of the front edge and convex down the middle are the same as *Lachnoderma asperum* (Bates). Whether or not the two species belong to *Lachnoderma* (Mac Leay) who places it in the group *Helluoninae* must remain doubtful. But Chaudoir considered the genus to be allied to *Physodera*.

433. **Allocota aerata**, n. sp.

A. viridipenni (Chaud.) differt *inter alia* elytris sparsim punctato-pilosis. Castaneo-fusca polita, elytris subviridi-aeneis, partibus oris et antennis rufo-testaceis. Caput sat elongatum, medio post oculos prominentes convexum, convexitate postice utrinque verticaliter declivi, collo elongato; supra laeve foveis frontalibus latis et profundis; labro plano medio tenuiter subcarinato margine antico leviter sinuato. Thorax capite cum oculis paullo latior, ante medium breviter rotundato-dilatatus inter dilatationem et angulum anteriorem (fere rectum) breviter et valde angustatus, post dilatationem sinuatus parum angustatus angulis posticis subacutis, basi medio breviter lobato, utrinque versus angulum imprimis sinuato deinde recto haud obliquato; margine laterali prope angulos anticos parum postea late dilatato, rufescenti, ciliato; supra antice et postice pilifero-punctatus. Elytra oblonga disco post medium depresso, punctato-striata, interstitiis fere planis alternis sparsim pilifero-punctatis, stria 2.^{nda} prope apicem puncto majori. Antennae articulis 1-3 4.^{to}que basi glabrae. Tarsi supra pilosi. — Long. 8 $^{1}/_{2}$ millim.

Bhamò.

Notwithstanding some striking points of difference, this interesting species is clearly congeneric with, *A. viridipennis* (Chaud.) from Singapore; which presents a similar sparse punctuation on the alternate elytral interstices and a similar outline of thorax, the difference in the latter arising from the greater narrowing to the anterior angles which approach close to the neck. A more important difference exists in the palpi, the apical joints of which are thicker, and not acuminated the labials being even dilated and truncated.

434. **Physodera Eschscholtzii**, Parry, Trans. Ent. Soc. (I) Vol. V, p. 179, t. 18, f. 2.

Teinzò.

Subfamily **PENTAGONICINAE**.

435. Pentagonica ruficollis, Schmidt-Goebel, Faun. Birm., p. 48.
Rangoon.

In a small series of examples exactly alike in size and colours,
one only (from Rangoon) agrees with Schmidt-Goebel's description as regards the outline of the thorax. He says the thorax
forms a "fünfeck" the two hinder sides uniting in an obtuse very
slightly truncated angle at the base, thus implying that the sides
from the prominent lateral angle to the base are straight. This
applies well to the Rangoon example; and not to the others from
Karin Chebà in which the posterior sides are strongly flexuous
or sub-angulate-rotundate about the middle of their length. As
this peculiarity exists in *P. nigripennis* (Bates) from Japan which
otherwise presents only trifling differences I refer the Karin
Chebà form to that species; it is probably, however, that this
difference in thoracic outline is variable and that the two forms
are only varieties of one and the same species.

436. Pentagonica nigripennis, Bates, Trans. Ent. Soc., 1873,
p. 320.
Karin Chebà, alt. 900-1100 m. Also Japan ([1]).

Subfamily **LEBIINAE**.

437. Lebia Karenia, n. sp.

L. circumdatae (Schm.-Gb.) proxime affinis; differt praecipue
elytrorum signaturis paullo diversis. Rufo-testacea, elytris nigris,

---

([1]) The *P. ruficollis*, Bates, Trans. Ent. Soc., 1873, p. 320, proves to be quite distinct from the species of Schmidt-Goebel and therefore requires describing under
a new name: — **P. Daimiella**. — *P. ruficolli* major et differt elytris longioribus sericeo-opacis, striis obsoletis perspicue punctulatis interstitiis paullo convexis. Rufo-
testacea capite toto cum antennis et palpis elytris abdomineque nigris; scutello,
elytrorum margine laterali epipleurisque rufotestaceis, thorace lateribus posticis
leviter excurvatis nec subangulatis. — Long. 6 millim.
Nagasaki, Japan (Lewis).

utrinque virgula dilatata anteriori marginem humeralem attingenti, margine toto anguste, fasciaque (extus usque ad marginem dilatata), flavo-testaceis. Caput laeve mox post oculos valde prominentes subito angustatum. Thorax valde transversus, antice sat gradatim rotundato-dilatatus, post medium subrectus paullulum sinuatus, angulis posticis rectis, margine laterali late explanato-reflexo; supra vix perspicue angulosus. Elytra elongato-oblonga postice paullo dilatata, fortiter punctulato-striata, interstitiis convexis, 1-3 versus apicem planioribus, 3.^{io} apud striam 3.^{iam} bipunctato. Tarsi 2 postici articulo 4.to haud bilobo, leviter emarginato. — Long. 7 millim.

Karin Chebà, alt. 900-1100 m. Two examples.

438. Lebia maharani, n. sp.

L. Kareniae affinis; major, rufo-testacea elytris vitta suturali interstitia 1-3 tegenti fasciaque lata, conjuncta, post medium usque ad striam 8.^{vam} extensa et antice ad strias 5-6 breviter lobata, nigris. Caput subtiliter punctatum. Thorax transversus, antice gradatim rotundato-dilatatus, post medium leviter curvilineatim angustatus, angulis posticis rectis margine laterali inter lobum et angulum flexuoso juxtaque lobum sinuato; supra coriaceus. Elytra profunde punctulato-striata, interstitiis convexis. Tarsi 2 postici; articulo 4.to emarginato nec bilobo. — Long. 8 $^1/_2$ millim.

Bhamò. Two examples.

439. Lebia calycophora, Schmidt-Goebel, Faun. Birm., p. 44.

Thagatà (Tenasserim).

L. comitata (Bates, Trans. Ent. Soc., 1873, p. 319) from Japan is not more than a slightly-modified local form of this species. An example taken by Signor Fea at an elevation between 1400 and 1500 metres on the Karins forms a remarkable variety in which the posterior sutural oval spot is enlarged to the 4.th stria and the other spots are wanting.

Aristolebia, nov. gen.

A. Lebiis differt tibiis intermediis ♂ apice intus haud incisis sed bidenticulatis; elytris apice late truncatis utroque angulo acute dentato, thoraceque medio basi late brevissime lobato. Mentum valide dentatum: palpi articulo apicali gracile fusiformi truncato. Tarsi supra glabri, unguibus usque ad apices pectinatis dentibus elongatis 9-10; postici articulo 4.to emarginato nec bilobo. Corpus laeve, politum.

440. Aristolebia quadridentata, n. sp.

Subelongato-oblonga, postice paullo dilatata, parum convexa, supra nigra nitida; palpis, antennis thoracis limbo laterali, pedibus, elytrorum macula rotundata antero-discoidali, et corpore subtus cum epipleuris aurantiaco-flavis. Caput breve punctulatum et indistincte strigosum; oculis maxime prominentibus. Thorax subsemicircularis, capite dimidio latior, lateribus arcuatis; antice multo magis quam postice angustatus, angulis anticis nullis, posticis rectis, basi fere truncato, lobo mediano lato brevissimo; supra punctulatus et subtiliter rugulosus sed politus; margine laterali late explanato sed parum reflexo. Elytra ampla, postice dilatata, truncaturae angulis externo et suturali longe et acute dentatis, macula flava antero-discoidali sat magna rotundata inter strias 1.^{am} et 6.^{am}. — Long. 9 $^1/_2$-11 millim. ♂ ♀.

Bhamò.

This fine species occurs also in Assam, a large and well preserved ♂ example from which country has furnished the distinguishing sexual characters above-mentioned. The yellow lateral limb of the thorax extends more or less to the sides of the disk.